AF202435

Uta Mazzei, geb. 1934, lebt heute teils auf der
Insel Elba, teils in Österreich. Schon 1962 begleitete
sie ihren Partner auf ausgedehnten Asienreisen, dabei
entstanden zahlreiche Filme für das deutsche Fernsehen, die sie in den Büchern „Mit dem Auto nach Afghanistan, Pakistan und Indien", „Kisil Ayak"
und „Wo, bitte, ist Belutschistan?" beschrieben hat.

UTA MAZZEI-KARL

„Zurück zur Natur" nannte man Ende der sechziger Jahre den Trend, der viele veranlasste, etwas am Land zu erwerben.

Die Autorin, eine im Münchner Filmsektor arbeitende Tirolerin, erzählt in diesem persönlichen, spannend und informativ geschriebenen Bericht, wie sie diesen Traum verwirklichte.

Impressum:

© 2021 Uta Mazzei-Karl

Lektorat: Erwin Simonitsch
Bildmaterial aus dem Archiv der Autorin
Bildbearbeitung: Eva Reifmüller
Umschlagerstellung: Angelika Fleckenstein; Spotsrock

Verlag und Druck
tredition GmbH
Halenreie 40–44
22359 Hamburg

ISBN: 978-3-347-27241-5 (Paperback)
           978-3-347-27242-2(Hardcover)
           978-3-347-27243-9 (e-Book)

Bibliografische Information der Deutschen Nationalbibliothek:
Die Deutsche Nationalbibliothek verzeichnet diese Publikation in der Deutschen Nationalbibliografie; detaillierte bibliografische Daten sind im Internet über http://dnb.d-nb.de abrufbar.

Besten Dank an Frau Eva Reifmüller für die Bildbearbeitung der Fotos und Herrn Erwin Simonitsch für das Lektorat.

Dies Haus ist mein und doch nicht mein,
der vor mir war, dacht es wär sein.
Beim Nächsten wird es auch so sein,
dem Dritten wird es übergeben,
der Vierte wird nicht ewig leben,
den Fünften trägt man auch hinaus.
Da frag ich mich, wem gehört das Haus?

Dreikönig 2012. Es schneit und schneit, der Westwind fegt sturmartige Böen vorbei und ich bin allein mit der Katze auf Schederlehen, meinem kleinen Bauernhäuschen auf dem Sonnberg über Mittersill. Ich mag diese Zeit in dem alten Holzhaus, wo ich den Winter verbringe, genieße in der gemütlichen warmen Stube auch das schlechte Wetter. Mein Neffe Peda, seine Frau Eva und ihre Tochter Hannah sind nach Australien gefahren. Da mich Eva gebeten hat, die Schederlehenstory aufzuschreiben, drehe ich nun die Zeituhr ein gutes halbes Jahrhundert zurück.

1960 hat die Bekanntschaft mit dem wesentlich älteren Harald Lechenperg mein Leben von Grund auf verändert. 1962 fuhr ich mit ihm zehn Monate lang im Auto nach Indien. Nach dieser Reise mietete ich mir in München eine kleine Wohnung in Schwabing, arbeitete beim Martens-Verlag als Übersetzerin für Professor Koch, der im Auftrag der Regierung Studien über das Deutschenbild im Ausland machte. In den Jahren 1966–1970 begleitete ich Lechenperg wieder auf lange Asienreisen. Wir machten Dokumentarfilme für den BR und später für das ZDF. Bei der Ausarbeitung der Filme bekam er bald Zoff mit der Cutterin, kam unregelmäßig in den Schneideraum und wenn er da war, trank er Whisky und kritisierte den Filmschnitt. Da ich mich in dem Wust von Material auskannte, musste ich ihn vertreten. So begann meine Lehrzeit in Sachen Film. Ich liebte es, neben der Cutterin zu sitzen und die Reise noch einmal am Schneidetisch gestaltend zu erleben. In den folgenden zwei Jahren – so lange dauerte die Fertigstellung der ersten Serie – habe ich unendlich viel gelernt, was mir später zugutekam.

Wir waren schon neun Jahre zusammen, doch je mehr ich mich an seiner Seite emanzipierte und eine eigene Meinung vertrat, ihn womöglich korrigierte, umso schwieriger gestaltete sich unsere Verbindung. Da mir niemand sonst eine so interessante Arbeit bieten konnte, blieb ich bei ihm, allerdings merkte ich im Lauf unseres Zusammenseines, dass auch andere Frauen in seinem Leben eine Rolle spielten. Seine Seitensprünge machte er äußerst diskret. Wenn ich ihn deshalb zur Rede stellte, appellierte er an meine Toleranz: „Uta, ich bin ein Mann mit Vergangenheit, du bist die absolute *number one,* das muss dir doch inzwischen klar sein." Klar war mir nur, dass er nicht der ideale Lebenspartner ist. Der Minnegesang *„hab ich Lieb so hab ich Not, meid ich Lieb so bin ich tot, doch eh ich Lieb und Leid wollt lahn, wollt ich Lieb in leiden han",* drückt die Stimmung zwischen uns aus. Was uns außer der Filmarbeit zusammenhielt, war eine tiefe Vertrautheit. Auf unseren Reisen ergänzten wir uns zu sehr, um uns zu trennen. Doch ich sah mich nicht an seiner Seite alt werden. Ich wollte Sicherheit und Unabhängigkeit.

Einige meiner Bekannten aus der Filmbranche hatten sich, dem Trend der Zeit folgend, in ländlichen Gegenden in Bayern ein Bauernhaus gekauft. Ich wünschte mir auch etwas Eigenes, ein Häuschen in der Umgebung meiner Heimat. Statt einer Aussteuer, die ich nicht brauchte, weil ich mich nicht binden wollte, versprach mir mein Vater finanzielle Hilfe. Zuerst liebäugelte ich mit der ehemaligen Nagelschmiede in St. Johann in Tirol, nur ein kleines Stück von meinem Elternhaus entfernt. Dieses kleine Gebäude mit rußgeschwärztem Gewölbe war von der Straße zurückgesetzt, umgeben von einem Garten mit Obstbäumen. Gottseidank wurde nichts aus den Verhandlungen, denn heute stehen rundherum grauenhafte Neubauten.

Zu Allerheiligen begleitete ich Hari nach Mittersill, wo er den obligaten Kranz zum Grab seiner Eltern brachte. Weil ich lieber über die abgeweideten Hänge wandern wollte, stieg ich am Pass Thurn aus und wir verabredeten uns beim Bach Toni, den ich das Jahr zuvor gebeten hatte, sich umzuhören, ob am Sonnberg ein kleines Bauernhäuschen zum Verkauf stünde. Wenn man von Kitzbühel kommend am Pass Thurn plötzlich die gewaltige Tauernkette vom Großglockner bis zum Großvenediger erblickt, fühlt man sich in einer anderen Welt. Ich mochte diese touristisch noch nicht erschlossene Gegend, wanderte querfeldein über abgeweidete Wiesen, stieg über Zäune, musste auch eine Schlucht durchqueren und als ich verspätet beim Bach Toni ankam, war Hari schon da. Er verkostete den Obstler, ich bekam Kaffee und selbstgebackenes Brot mit frischer Bauernbutter. *„Uta heit werscht a Freid hobn, Schederlehen is zan vakaffn"*, sagte der Toni. *„Ja wo is denn Schederlechen?"*, wollte ich wissen. *„Am Sunnberg üwan Gschlohs."*

Wir fuhren zum Schloss und bogen nach Thalbach ein, wo die befahrbare Straße bei ein paar Bauernhöfen endete. Steil darüber sah man im letzten Strahl der Nachmittagssonne zwei eng nebeneinanderliegende Holzhäuschen. Eines war das Wohnhaus, das andere der Stall.

Augenblicklich wusste ich, dass das mein Traumbe-
sitz werden könnte, mein Dornröschenschloss. Vom
Hinaufgehen hielt Hari mich zurück und während
der Rückfahrt erzählte er mir, was er noch von Toni
erfahren hatte. Die Eigentümer von Schederlehen
hätten ein leichter zu bewirtschaftendes Bauernhaus
unten im Tal geerbt, deshalb wollten sie das kleine
Bauerngut, zu dem etwa fünf Hektar Land gehören,
verkaufen. Dazu sei jedoch die Genehmigung der
Grundverkehrsbehörde nötig und das wäre der Ha-
ken, denn strenggenommen dürfen nur Bauern kau-

fen. „Wieso konntest du dann deinen Hof in Kitzbühel bekommen?" „Das war 1947, in der Zeit bald nach dem Krieg ging so was noch."

Auf dem Rückweg nach München besuchte ich meine Eltern und fragte meinen Vater, ob man die Grundverkehrsordnung irgendwie umgehen könnte. „Die kann man nicht umgehen" war seine trockene Antwort. Ich war den Tränen nah. „Beruhige dich, wir finden schon noch was. Hier werden an der Achenpromenade schöne Eigentumswohnungen gebaut." Ich wollte aber keine Wohnung an der Achenpromenade, ich habe mich auf den ersten Blick in dieses winzige Bauernhäuschen am Mittersiller Sonnberg verliebt.

Die ganze Woche war ich in München mit der Ausarbeitung unserer achtteiligen Filmserie beschäftigt und am Freitagabend kam ich wie üblich zu Hari nach Kitzbühel. Anlässlich meines Geburtstages hatte er *Byriani Chicken* gemacht, *belegt* mit hauchdünner Goldfolie, die mitgegessen wird, danach gab es flambierte Bananen. Auf dem Tisch stand ein Zinnkrug mit gelben Chrysanthemen, daran lehnte ein Kuvert mit meinem Geburtstagsgeschenk. Es war der Kaufvertrag für Schederlehen – ihm gehörten 51 Prozent, mir 49 Prozent. Ich wusste nicht, ob ich lachen oder weinen sollte. Mit einem gemeinsamen Besitz war ich wieder an ihn gebunden. Doch die Freude nahm überhand. Ohne ihn wäre es nie gelungen dieses Objekt zu erwerben.

Wahrscheinlich konnte er es kaufen, weil er schon Besitzer eines Bauernhofes in Kitzbühel war und vom verwandten Bach-Bauern, der es bewirtschaften sollte, begleitet wurde. Der Kaufpreis war moderat. Meine 49 Prozent waren etwa das, was er mir für meine Mitarbeit an der Filmserie schuldig gewesen wäre. Ich hatte bei ihm ja kein geregeltes Anstellungsverhältnis, war seine ausgehaltene Gefährtin und Mitarbeiterin. Nach der ersten Asienreise habe ich in München beim Martens-Verlag gearbeitet. Als ich Lechenperg vor unserer zweiten Asienreise bat, mich wegen späterer Rente zumindest bei der Sozialversicherung anzumelden, tat er das als spießbürgerliches Versorgungsdenken ab.

Am nächsten Tag fuhren wir bei traumhaftem Wetter über den Pass Thurn nach Thalbach, eine halbe Stunde von Kitzbühel entfernt, um uns Schederlehen anzusehen. Der Fußweg hinauf führt an lauter kleinen Stadeln vorbei, die dazu gehören – der Hinterfeldstadel, der Kletzenstadel, der Kreuzwegstadel und in der Wiese östlich davon der Schönlandstadel. Die brauchte man, um das Heu von den steilen Wiesen leichter und schneller einbringen zu können. Im Winter wurde dieses Heu dann auf einen Schlitten verladen und mithilfe einer Seilwinde oder einem Pferd zum Stall hinaufgebracht.

Nach Schederlehen, das auf tausend Meter Höhe über Schloss Mittersill liegt, gab es noch keinen Güterweg.

Auf dem Firstbalken kann man die eingeschnittene Jahreszahl 1766 erkennen.

Haus und Stall sind auf einem Schiefersporn gebaut. Gegenüber befindet sich die Kette der Hohen Tauern. Zwischen dem Pihapper (2.513m) und dem Zwölfer windet sich die in den sechziger Jahren erbaute Felbertauernstraße, welche die Fahrt von München nach Venedig enorm verkürzt. An Hochsommerabenden sieht man von Schederlehen die Lichter der zurückkehrenden Urlauberautos so, als ob sich ein erleuchteter Lindwurm aus den Bergen schlängeln würde.

Ungefähr fünf Hektar Grund gehören zum Besitz. Unterhalb vom Haus ist die Wiese so steil, dass sie nur von Schwindelfreien mit der Sense gemäht werden kann. Nordseitig, also hinter Haus und Stall, geht die mit einigen krummen Obstbäumen bewachsene steile Leiten in Schieferfelsen über, die den Blick auf den weiter oben gelegenen Hacksteinhof verwehren. Im Westen endet das sanfter gelegene Hinterfeld an einer Schlucht, in der der Thalbach rauscht und ostseitig liegt Kohllehen, das einzige Nachbargut auf gleicher Höhe am Hang zwischen den zwei Schluchten.

Die Bewohner von Schederlehen, ein junges Paar mit einem kleinen Sohn, wollten noch bis zum Frühling im Haus bleiben. Da uns wieder eine lange Filmreise bevorstand, hatten wir nichts dagegen. Diesmal sollten für das ZDF Filme in Afghanistan, Goa, Südindien und Assam gedreht werden.

Hari sah Schederlehen als ein Capriccio, als ein Spielzeug, das er mir zugestand. Etwas, das seiner Ansicht nach wie eine Alm nur im Sommer bewohnt werden konnte, und wohin man ab und zu Ausflüge machen könnte. Um die Landwirtschaft sollte sich Toni kümmern.

Hari kannte den Pinzgau gut, weil sein Vater aus einer kinderreichen Bauernfamilie (Grüblern) am Sonnberg stammte. Der wurde als Klassenbester nach Salzburg ins Priesterseminar gesteckt. Doch statt eines Priesters wurde er Geschichtsprofessor in Wien. Dort heiratete er die begüterte Tochter eines bekannten Malers. Das waren Haris Eltern, die mit ihm die Ferien auch manchmal im Pinzgau verbrachten.

Dass er ein verwöhntes Einzelkind war, erkannte ich beim Betrachten seiner Kinderfotos. In der eleganten Wiener Wohnung kniete sein Kindermädchen vor ihm, um seine Stiefletten zu schnüren, bei einem Besuch im Pinzgau hatte er Lederhosen an, am Mondsee einen Matrosenanzug. Sobald sich eine Verkühlung anbahnte, fuhr seine Mutter mit ihm an die Adria, wo er auf einem Eselchen sitzend fotografiert war. Die Ehe ging anscheinend nicht gut, denn Haris Vater pflegte sich an Kindermädchen und Hauspersonal heranzumachen, anscheinend fällt der Apfel nicht weit vom Stamm.

Ich sah Schederlehen nicht als Alm, die man nur ab und zu besucht. Es sollte mein Heim werden und ich wollte es nach meinem Geschmack restaurieren. Der Zustand des Bauernhäuschens war allerdings nicht der beste.

Im Wohnhaus war das alte Blockholz auf der Hangseite an einer Stelle verfault, da rieselte schon Erde in den Hausgang. Und das Schindeldach am Stallgebäude war ziemlich morsch. *„Am gscheitesten war, ehs tads es warm obtrogn"*, meinten die Einheimischen. Warm abtragen ist hier das Synonym für gut versichern und abbrennen. Nie im Leben! Dieses alte Haus, dessen Holz kein bisschen verzogen ist, wahrscheinlich zur richtigen Mondphase geschlagen, war genau das, was ich wollte.

Immer schon habe ich mich für elementare Bauwei-
sen interessiert, egal ob es die luftigen Bambushüt-
ten der Murungs, Taubentürme auf der Insel Tinos
oder die Höhlenbehausungen der Mönche von Bami-
an waren. Zu meinen Lieblingsbüchern gehörten

„Architecture without Architects" von Bernard Rudolfsky und „Elementare Architektur" von R. J. Abraham, in dem viele Holzbauten aus den Alpenländern abgebildet waren. Hier waren nun zwei Gebäude, ein Haus und ein Stall, die sich in ihrer Konstruktion auch auf das Elementare stützen. Mies van der Rohe sagte, Architektur beginnt dort, wo zwei Steine sorgfältig übereinandergelegt werden. Haus und Stall stehen auf Trockenmauern aus Schieferstein mit Granitfindlingen an den Ecken, darauf ruhen die in der Blockwandtechnik ohne Nägel erbauten Gebäude. Alles in vollkommener Harmonie mit der umliegenden Landschaft.

Wie ich mich nach der neun-monatigen Asienreise auf Schederlehen freute! Und was ich alles mitgebracht hatte! Aus einer Kirchenruine in Goa zwei leicht termitenangefressene Heiligenfiguren für den Herrgottswinkel in der Stube, aus Afghanistan, eine geschnitzte Truhe aus Deodarholz und einen Turkmenenteppich, aus dem Iran antike Kelims und vieles mehr. Kurz vor unserer Rückkehr war die Schederlehen-Familie ausgezogen. Die Übersiedlung ins Tal mit dem Pferdefuhrwerk, den Kühen, Hühnern, Hund und Katz war kein Problem, nur den Bienen war die Ortsveränderung nicht recht, sie flogen zurück und bildeten am Birnbaum einen Schwarm, der später mit viel Mühe eingefangen werden musste.

Ich mag ein Haus mit Vergangenheit, mit einem guten Geist, ein Haus in dem gelebt, geliebt, geboren und gestorben wurde. Mir gefällt auch die zweckmäßige und simple Raumteilung. Wie bei den Vogelhäuschen ist auf der Ostseite die Haustür, vom Hausgang kommt man in die Stube und in die danebenliegende Küche. Eine Holztreppe führt nach oben zu zwei Zimmern. Vom oberen Gang geht eine dicke Brettertür auf einen morschen Balkon oder Gang wie die Pinzgauer dazu sagen, der natürlich erneuert werden muss, wenn ich nicht später beim Wäscheaufhängen durchbrechen will. Als das Haus leer war, hatten sich die Nachbarziegen dort niedergelassen. Sie konnten von der Hangseite hinüberspringen. Es war lustig, wenn sie mich bei meinen Besuchen mit ihren geschlitzten Pupillen neugierig vom Balkon herunter wie einen ungebetenen Gast anschauten.

Paarhof nennt man diese hier an Steilhängen übliche Trennung von Feuerhaus und Futterhaus. Im drei Meter breiten Zwischenraum von Haus und Stall war das Plumpsklo und ein Schweinekober. Das Stallgebäude ist etwas länger, es reicht weiter zum Hang hin als das Haus. Die mit Stangen und Steinen beschwerten Dachschindeln waren total morsch. Etwa 20 Meter entfernt, neben einem vom grundeigenen Quellwasser gespeisten Brunnentrog, steht ein Waschhäusl mit einer Arbeitsbank und alten Werkzeugen. Im Geist sehe ich dort schon eine Sauna.

Um die Organisation der ersten wichtigsten Arbeiten, wie den Abriss des Schweinekobers und des Plumpsklos zwischen Haus und Stall, der Neufassung der grundeigenen Quelle und der Sanierung der rückseitigen Hauswand kümmerte sich unser Vermittler Toni, der dafür den Holzbezug bekam. Jedes Bauerngut im Pinzgau hat das Recht auf einen jährlichen Holzbezug, der vom Förster ausgezeigt wird. Man braucht viel Holz zum Heizen und für die kaum mehr existierenden kunstvoll gesteckten Pinzgauer Zäune. Auch ein paar Meter Blockholz gehören zum Holzbezug, das ist wichtig für Erneuerungsarbeiten an Haus und Stall, wird aber meistens verkauft. Toni sollte auch dafür sorgen, dass das Gras gemäht wird, doch statt zu mähen, nützte er Schederlehen wie eine Alm, ließ seine Kälber dort weiden, obwohl ich keine Tierhaltung mehr wollte.

Jedes Wochenende kam ich von München nach Schederlehen um die Arbeiten zu organisieren. Da es damals noch keinen Güterweg gab – der wurde erst viel später gebaut – war es besonders schwierig Baumaterial hinaufzuführen. Sand, Ziegel und Zement wurden nur bis Thalbach geliefert. Zur Zeit der Heumahd war es nicht möglich, einen Traktor zu bekommen. Da half mir der Kohllehen-Bauer und führte mit seinem Pferdefuhrwerk die Baumaterialien hinauf. Meine Aufgabe war es, wenn das Pferd zum Rasten stehenblieb, sofort einen keilförmigen Holzpflock unter ein Wagenrad zu schieben, um auf dem steilen unbefestigten Weg das Zurückrollen des beladenen Fuhrwerks zu verhindern. Für diese Transporthilfe schenkte ich ihm die Seilwinde, mit der Stallmist auf die steilen Hänge gezogen werden konnte, und die ich nicht mehr brauchte.

Auf dem Dachboden waren alte Kleidungsstücke und viel Gerümpel. Sogar eine Uniform aus dem ersten Weltkrieg hat man als Dichtung in die Ecken gestopft. Auch beim Abtransport dieser halb verrotteten Sachen half mir der Kohllechner. Wir luden alles auf seinen Pferdewagen und fuhren übers Hinterfeld zur Thalbach-Schlucht an der westlichen Grundgrenze. Dort wurde es an einer abschüssigen Stelle hinuntergeworfen, das war die damals praktizierte Müllabfuhr. Auf dem Rückweg juckte es uns gewaltig, wir waren voll von Flöhen. Gleich machte ich mich daran, das ganze Haus von oben bis unten sorgfältig zu putzen und vor meiner Abreise nach München besprühte ich alles mit einem Desinfektionsmittel.

So sieht die Stube jetzt aus.

In der etwa 14 Quadratmeter großen Stube waren die originalen handgehobelten und mit Moosflechten abgedichteten Blockholzwände zum Glück noch nicht verkleidet. Die Pendeluhr an der Wand, an deren Ketten die Gewichte eiserner Tannenzapfen hingen, war durch einen einfachen Uhrkasten vor spielenden Kindern und Katzen geschützt. Der Grundofen mit grünen Kacheln auf der Kuppel, ist praktischerweise von der Küche aus zu heizen, und die alte Tür mit einem barocken Schloss hängt noch mit schöngeformten Eisenbändern im Stock. Drei der kleinen Stubenfenster hatten noch mundgeblasenes Glas, das an den Bruchstellen mit Bleistreifen geflickt worden ist, das vierte war irgendwann vergrößert worden.

Die Küche war früher eine Rauchküche, deshalb sind auch die Holzwände im Hausgang fast schwarz, quasi geselcht. Bei einer früheren Küchenerneuerung hatten die Vorbesitzer die Holzwand mit Heraklit beschlagen und verputzt, insofern ist sie jetzt hell, hat auch einen gut funktionierenden, mit Holz zu heizenden Herd, der den Raum im Nu wärmt. Meine Bozner Freundin, die Malerin Karin Welponer, hat später für die Küchenwand über dem Herd sowie die Wand im Bad Keramik-Fliesen gemalt und in einer kleinen Keramikerzeugung in München brennen lassen. Das Sujet der Küchenfliesen – fünf große

Schinken – wählte ich aus einem Buch über portugiesische Renaissanceküchen.

Hier fehlt nur eine bequeme Essecke und eine Abwasch. Aber es gab noch kein Wasser im Haus, das haben die Vorbesitzer mit der Hand hereingepumpt.

Ein Zimmer im ersten Stock war wie die Küche schon mit Heraklit verkleidet und verputzt, ich ließ die Wände kräftig moosgrün ausmalen. Wenn man durch das ostseitige Fenster auf den Nussbaum schaut ist alles grün in grün. Die Manie zu einer ästhetischen Perfektion ist mir angeboren. Sogar inmitten vom Chaos der Bauarbeiten schaffte ich mir immer eine Insel des Genusses, stellte ein rundes Tischchen in die Wiese vor dem Haus, bereitete meinen Nachmittagstee in Großmutters Silberkanne, trank ihn aus den zarten Nymphenburger Porzellantassen, die meine Mutter zur Hochzeit geschenkt bekommen hat. Ich mag Gegensätze, bin erfinderisch, Schönheit ist mir wichtig, macht mich zufrieden. Auch der Balkon wurde erneuert und mit Ausnahme der drei erhaltenswerten winzigen Originalfenster in der Stube ließ ich vom Tischler im ganzen Haus Kippfenster ohne die damals modischen Sprossen einbauen. Die Aussicht ist zu jeder Jahreszeit so phantastisch, dieses Bild sollte nicht durch Sprossen geteilt werden.

Das andere Zimmer mit den alten Blockholzwänden ließ ich unverändert. Der Plafond mit den halbmeterbreiten Holzbrettern war wie ein Bilderbuch. Wenn man im Bett liegend hinaufschaut konnte man in den gut erkennbaren Jahresringen und dunkler angedeuteten Astlöchern mit Phantasie die unglaublichsten Dinge entdecken, wie zum Beispiel einen großen Affen, ein Gesicht oder einen Hund.

Anstelle der schönen alten Fasstüren, die im oberen Schlafzimmer und unten in der Stube noch mit ihren dicken Säulen die Blockwand halten, haben die Vorbesitzer zur Küche und zum Stall hin zwei grässliche Sperrholztüren eingebaut.

Die wollte ich austauschen. Der Bach Toni wusste immer, wo in der Nähe was abgerissen wurde und so holten wir von einem Bauernhaus auf der anderen Seite des Grabens, zwei alte Fasstüren. Die Leute hatten dort kein Pferd mehr, deshalb spannte sich Toni, kräftig wie er war, vor den alten Heuwagen, mit dem er die beiden Türstöcke bis zum VW-Bus am Güterweg zog. Den schöneren mit der Jahreszahl 1883 ließ ich dann als Küchentür einbauen, der andere wurde die Tür zum Zwischenraum von Haus und Stall.

Einmal nahm ich im März den Bub meiner Schwester mit, dessen Taufpatin ich war. Ich wollte nachschauen was die Arbeiter machen. Sie waren dabei, die Quelle neu zu fassen und der kleine Peter – er ist heute der Besitzer vom Schederlehengut – stapfte überall neugierig herum, machte sich von oben bis unten schmutzig. So brachte ich ihn in die eingeheizte Stube, zog ihn aus und hing seine nassen Sachen auf die Holzstangen zum Trocknen. Vielleicht stand er etwas unsicher auf der Ofenbank, jedenfalls stützte er sich mit einer Hand im heißen Ofenrohr ab. Au weh! Gebrüll und Tränen, ich tauchte sein Händchen in Mehl, blies und sang „heile, heile, Segen, drei Tage Regen, drei Tage Sonnenschein, gleich wird's wieder besser sein" – alles umsonst. Da wickelte ich den Buben in eine Wolldecke und packte ihn – zusammen mit seinen Gummistiefeln und dem nassen Gewand – in einen großen Plastiksack, trug dieses „Paket" bis zur Kurve, wo das Auto stand, und fuhr zu meiner Schwester nach St. Johann. Die staunte nicht wenig, ihren Sohn auf diese Weise zurückzubekommen und jahrelang kursierten aufgebauschte Versionen dieser Geschichte in der Familie mit der Pointe, dass ich mit Kindern nicht umgehen könnte.

Für die Restaurierung von Schederlehen scheute ich kein Geld und keine Mühe. Hari wunderte sich über meine Begeisterung und wie ich alles anging. Wochentags war ich in München mit der Ausarbeitung der Filme beschäftigt, am Freitag abends fuhr ich nach Kitzbühel, übernachtete bei ihm und fuhr am Samstag in aller Herrgottsfrüh nach Scheda, um für die Arbeiter Bier hinaufzuschaffen und ihnen ein Mittagessen zu kochen. *„So ebbas guats hu i scho lang nimma gessn"* sagte einmal einer, als ich Schinkenfleckerl mit viel Schinken und Petersilie, dazu einen Krautsalat mit Speckwürfeln auftischte.

Nur bei trockenem Wetter konnte man den steilen Weg nach Schederlehen mit dem Auto befahren. Das letzte Stück zum Haus war ein nach unten hin abschüssiger Grasweg. Einmal hatte ich auf dem Gepäckträger des VW-Busses einen restaurierten Bauernkasten geladen. Da passierte es, dass ich damit einen zum Weg hin geneigten Stadel streifte. Es gab einen Ruck und der schöne Bauernkasten lag im Feld.

„Oamoi werds di a dawischen" sagten die Einheimischen. Und an diese Prophezeiung erinnere ich mich immer, konzentriere mich beim Hinauffahren besonders, damit das nicht passiert.

Auf der Südseite des Hauses, wo auf dem steil abfallenden Gelände nur ein schiefer Apfelbaum stand, war durch den Bau der großen, mit Erde abgedeckten Drei-Kammern-Klärgrube ein flacher Platz entstanden, darunter setzte ich zur Stabilisierung Tiefwurzler wie Birken und Ahorn. Um das Gelände auf der Ost- und Westseite etwas einzuebnen, ließ ich eine Schubraupe kommen. Denn endlich sollten ein paar flache Plätze entstehen, auf denen man einen Gartentisch oder Liegestühle aufstellen konnte. Bei diesen Arbeiten passierte es dem Baggerfahrer, dass ein Stein, der beinah so groß wie ein Schaf war, über den Steilhang bergab stürzte. Wie durch göttliche Fügung war niemand auf dem Weg. Der Stein flog direkt durch die Öffnung in den Kletzenstadl, durchschlug dessen Bodenbretter und blieb dort liegen. Der ausgebaggerte flache Platz vor dem Haus wurde dann zum Hang hin mit einer Trockenmauer aus Schiefersteinen befestigt. Der Kohllehenbauer war einer der wenigen, der dieses Handwerk noch beherrschte, seine Trockenmauer ist heute noch intakt.

Ich hatte angefangen, im Sommer länger in Scheda zu bleiben und dort zu übernachten. Es gab zwar noch kein Bad und WC, dafür entdeckte ich oben bei den Schieferfelsen zwischen Haselstauden und Erlen ein kleines Rinnsal, das weiter unten in der Wiese versickerte. Das wurde anfangs mein „Klo zur schönen Aussicht." Bei den Arbeiten um Haus und Stall kamen auch kuriose Dinge zum Vorschein. Zum Beispiel ein Webstuhl, auf dem Weber, die manchmal von weit her auf Stör kamen, Leinenstoff webten. Oder eine Karde, das ist eine Bank mit einem stachligen Eisenteil zum Auflockern der Wolle vor dem Spinnen. Oder ein so genannter *Troadkasten* zur Aufbewahrung Getreide, den ich beim Kunsttischler in Mittersill gegen ein barockes Wandkästchen eintauschte, das jetzt in der Stube hängt.

Auch einen großen eisernen Mörser und Stößel fand
ich im Stall, dessen Gebrauch mir völlig unklar war.

Von den Nachbarn erfuhr ich, dass der zum Enthaa-
ren eines geschlachteten Schweins gebraucht wurde,
und diesen großen Mörser benützte man, um darin
das gesammelte Baumharz mit einem eisernen Stößel bröslig zu stampfen. Das geschlachtete Schwein
wurde in einen hölzernen Trog mit Tragegriffen gelegt – so ein Trog steht auch noch irgendwo herum –
dann übergoss man es mit kochendem Wasser und

bestreute es mit dem zerstampften Harz. So konnte das Haar auf der Haut des Schweines leichter mit einem glockenähnlichen Instrument weggeraspelt werden. Anscheinend war Baumharz so etwas wie der Vorgänger der heutigen Wachsenthaarung in der Kosmetik.

Einmal starb ich fast vor Schreck. Ich war glücklich und müde im neuen Bett eingeschlafen, als es gegen die hintere Blockwand pumperte. Immer wieder peng, peng, peng. Wer kann das sein? Ein Mörder, ein Einbrecher oder jemand der Fensterln kommt? Allein und ohne Telefon bekam ich es mit der Angst zu tun. Ehe dieser Verrückte über den Balkon irgendwie hereinkommt, muss ich flüchten. Aber wohin? Wieder pumperte es gegen die hintere Blockwand des Hauses. Vor Angst robbte ich mich aus dem Bett, kroch die Treppe hinunter, ergriff das Kukri, ein nepalesisches Haumesser, das mir der Raja von Cooch-Bihar geschenkt hatte, als wir den Elefantenfilm machten. Nun war es plötzlich still, was mir noch mehr Furcht einflößte. Ich getraute mich nicht aus dem Haus, denn draußen könnte mir ja jemand auflauern. Durchs Stubenfenster sah ich die Lichter von Mittersill die mich irgendwie beruhigten. Es blieb von nun an auch still und so verkroch ich mich wieder ins Bett. Am nächsten Morgen untersuchte ich gleich den Platz hinterm Haus, wo Bausand lag, auf Spuren von eventuellen Schuhabdrücken. Was ich fand, waren nur Abdrücke von Hufen und frischer

Kuhdreck von Tonis Kälbern. Vielleicht wollten sie Salz. Vielleicht wollten sie sich an meiner Holzwand die Hörner abstoßen oder sie hatten gemerkt, dass jemand im Haus übernachtete und das passte ihnen nicht. Ich fuhr zu Toni und sagte ihm, dass er seine Viecher wegbringen oder einzäunen muss. Es ärgerte mich ohnehin, dass er aus Schederlehen eine Alm machte. Vorher waren die Wiesen gemäht, jetzt wuchs überall dieses Unkraut, das die Einheimischen *Foissn* nennen und die steilen Hänge waren von den weidenden Tieren total zertreten. In Zukunft will ich einen Pächter der wieder mäht und wegen der Fliegen- und Bremsenplage keine Tiere im Stall hält.

Als ich herkam, konnte ich nicht einmal eine Wiese von einer Weide unterscheiden, aber vom Nachbarbauern habe ich alles gelernt, was man als „Bergbäuerin" wissen soll. Oft ging ich nach Kohllehen hinüber, um von Maridl Milch, Eier und selbstgebackenes Brot zu erstehen, und fragte sie nach den früheren Eignern von Schederlehen.

Sie erzählte, dass der Großvater vom Hans beim Kirschenpflücken von der Leiter gefallen war, auf dieser Leiter hat man ihn in die Stube getragen, doch bald danach wäre er gestorben, weil seine gebrochenen Rippen die Lunge durchstochen hätten. Sein einziger Sohn war im ersten Weltkrieg gefallen, er sei „in Ungarn in seinem eigenen Blut angefroren." Deshalb ging der Besitz an die Tochter über, die mit ihrem Lebensgefährten den Hans zeugte, der es an Hari verkaufte. Und dann sagte sie: „Du bist genauso wia d'alten Schedalechna, de ham a owei d'Flech aussibeidlt" – so wurde meine Gewohnheit, im Sommer das Bettzeug zum Lüften über das Balkongeländer zu hängen, kommentiert. „Und gfuxat bist a" – der Schederlechner war auch rothaarig gewesen.

Ab und zu kam Hari, um zu sehen, was ich da an den Wochenenden machte. Entweder war ich dabei, die Stubenwände mit einer Wurzelbürste und Schmierseifenlauge zu bearbeiten – „das Holz musst du danach mit Essig behandeln, um die alkalihältige Seife zu neutralisieren" – riet er mir fachkundig, oder er traf mich beim Versuch an, mit der Sense einen Weg zum Brunnentrog zu mähen.

Ich erzählte ihm dann, wie der alte Kohllechner meine Mähversuche kommentiert hat: „Beim Mahn deafst nid oiwei ad Woid einihaun". In Tirol hab ich noch nie gehört, dass man den Grasboden als ‚die Welt' bezeichnet. Wie mir das gefiel! Von Tal zu Tal ändern sich die Dialekte, hier sagen sie auch Ehling zu Ohren und Mötzen für Mädchen.

Der Kohllehen-Bauer sah aus wie Wotan in Person, speziell wenn er Sensen dengelte oder sich auf dem Stallgang an seiner Werkbank zu schaffen machte. Da hingen Eisenketten, Türangeln, Heugabeln, Rechen ohne Stiel, rostige Sägeblätter, Hacken und Pickel aller Größen, Werkzeug und Behälter mit handgeschmiedeten verbogenen Nägeln.

Er war auch ein belesener Bauer, hat viel über die
Geschichte des Pinzgaus gewusst, mir vom Saum-
handel über die Tauern erzählt, von den großen Un-
glücksfällen durch einen jähen Wetterumschwung,

bei dem mehr als hundert Tiere und einige Treiber abgestürzt waren und deren Kadaver die Weißkopfgeier aus dem Balkan angelockt hätten. Ich erfuhr auch, dass er in jungen Jahren den schweren Firstbalken für die St. Pöltner Schutzhütte auf den Schultern hinaufgetragen hätte, eine Leistung, die man sich heute kaum vorstellen kann.

Er gab mir den Lahnsteiner zu lesen, das aufschlussreichste Buch über den Oberpinzgau. Darin stand einiges über Lehen. Im Gegensatz zu den großen Bauernhöfen aus dem 15. und 16. Jahrhundert, gehörten die Lehen, die sich meist an den steileren Hängen befinden, einer späteren Siedlungsperiode an und waren, wie der Name schon sagt, lehenspflichtig. Im Schloss Mittersill residierte als Vertreter der Erzbischöfe von Salzburg ein Pfleger, der die gesamte Verwaltung des Bezirks, die Steuereintreibung und früher auch die Gerichtbarkeit innehatte. Erst in der Regierungszeit von Kaiser Franz Joseph wurden sie davon befreit, eine längst fällige Wohltat für diese Kleinbauern.

Schederlehen stammt aus dieser zweiten Siedlungsperiode. Von den Hausnamen der Lehen kann man meist irgendwelche Rückschlüsse auf die Bewohner ableiten. Viehlehen, Brunnlehen, Brandlehen, Kohllehen, Schederlehen. Der Name Kohllehen stammt wohl aus einer früheren Tätigkeit mit Holzkohle, aber was bedeutet Scheder? Jemand erzählte mir, dass die Meilensteine der über den Pass Thurn führenden Römerstraße Schedersteine genannt wurden. Vielleicht war der erste Schederlehner nebenberuflich ein Steinmetz.

Fast alle Besitzer der kleinen Lehen haben einen Nebenberuf, von den Erträgen der Landwirtschaft allein könnten sie kaum leben. Dass sie sich überhaupt noch um die Landwirtschaft kümmern, liegt in erster Linie an dem zu jedem Besitz gehörenden Holzbezugsrecht, an den Subventionen für die Bewirtschaftung der Steilhänge und dem Milchpreis. Man hat eingesehen, dass die Bauern in gewisser Weise auch Landschaftsgärtner sind. Wie würde das Land ohne sie aussehen?

Viele der größeren Bauernhöfe aus dem 16. Jahrhundert, wie zum Beispiel der alte Hacksteinhof über uns, wurden in den 1960er-Jahren abgerissen, und durch Neubauten ersetzt. Vom alten Hacksteinhof landeten einige Stücke sogar im Felber Turm, dem Museum von Mittersill. Die Hacksteiner erzählten mir, dass im alten Haus der eisige Wind manchmal den Schnee durch die Ritzen bis auf die Betten hereingeweht hätte. Sie mochten den alten Krempel einfach nicht mehr, wünschten sich ein wetterfestes, helles, elektrisch beleuchtetes Haus und das haben sie jetzt.

Meine Familie wollte endlich auch sehen, was ich da so mache und kam an einem schönen Sommertag beinahe vollzählig auf Besuch. Die Eltern, meine Geschwister, sogar unsere alte Magd Wabi, die ihr Leben lang im Karl-Haus geschuftet hat, haben sie mitgebracht. Es war eine Überraschung, ich hatte ja noch kein Telefon. Meine übermütigen Brüder wollten als erste oben sein und veranstalteten ein Wettrennen über die extrem steile Wiese. Der eine trug die Kühltasche und der andere den Picknickkorb und auf halber Höhe verloren sie ihre Last. Das folgende Geschrei und Gelächter hörte ich bis hinauf – das war die Vorankündigung auf den Besuch. Die ganze Jause musste an den Haselstauden zur Grenze nach Thalbach wieder eingesammelt werden.

Unsere alte Magd machte gleich abfällige Bemerkungen: *„So a grausige öide Hüttn, bist nid ganz gscheid, dass da sowas uhtuast!"* und *„wer werd dir s'Hoiz einitrogn und einhoazn, du woast ja net amoi, wos des fir a Sauarbeit is!"* Sie musste früher, als ich ein Kind war, im Karl-Haus jeden Tag sechs Öfen einheizen, ehe dort eine Zentralheizung eingebaut wurde.

Auch meine Eltern konnten meine Begeisterung für Schederlehen nicht teilen. Für sie war es ein verlottertes Bauernhäuschen ohne Zufahrtstraße. Ihnen fehlte die Phantasie, sich vorzustellen, wie wohnlich und gemütlich es hier sein wird, wenn all meine Pläne verwirklicht sind. Auch über die phantastische Aussicht hörte ich keine Kommentare, der Wilde Kaiser war ihrer Ansicht nach sicher genauso schön wie die Tauernkette.

Meine Art zu Leben war meiner Familie schon immer suspekt gewesen, weil ich mich nicht an die bürgerlichen Regeln hielt, die Tendenz hatte, gegen den Strom zu schwimmen, zum Beispiel statt die ÖVP Bruno Kreisky wählte. Als Kind musste ich mich fügen, acht Jahre lang wurde ich zum Klavierunterricht geschickt, obwohl ich keine Freude daran hatte, aber mein Talent zum Zeichnen wurde nicht gefördert. Stattdessen kam ich in die Handels- und Hauswirtschaftsschule nach Marienberg, ein von Dominikanerinnen geführtes Mädchenpensionat in Bregenz. Marienberg war ein unter Denkmalschutz stehendes Lustschloss im Rokoko-Stil und nahm einen ganzen Hügel mit umliegenden Park ein. Die Dominikanerinnen hatten es von einem polnischen Adligen geerbt.

Ich war von der Schönheit dieses Mädchenpensionats gefangen. Dort sah ich erstmals blühende Magnolien, die Goldfischbecken waren allerdings in der Kriegszeit zugeschüttet und mit Kartoffeln bepflanzt worden. Das Klassenzimmer hatte kunstvoll verlegte Parkettböden mit Mustern aus hellem und dunklem Holz und in den Ecken waren vom Boden bis zur Decke reichende goldgerahmte schmale Spiegel. Auch die Wände des breiten Treppenaufgangs hatten große Spiegelverkleidungen. Zur Vorbeugung gegen Eitelkeit waren sie für die Zöglinge nicht zugänglich. Um in den Schlafsaal zu kommen mussten wir die Wendeltreppen der ehemaligen Dienerschaft benützen. Ich liebte die Maiandachten, die der alte Monsignore in der hauseigenen Kapelle zelebrierte. Wenn die schräg einfallende Sonne durch die bunten Fenster der Kapelle farbige Schatten an die gegenüberliegende Wand warf und der lateinische Kirchengesang der Schwestern wie mit Engelstimmen erklang, war ich so glücklich, wollte am liebsten auch Klosterschwester werden.

Nach diesen vier Jahren in Marienberg verbrachte ich ein Jahr in England, ein halbes Jahr in Paris und längere Zeit in Italien. Danach arbeitete ich im Winter in der Rezeption im Hotel meiner Tante im Montafon und im Sommer in Italien oder der Schweiz. Ich wollte keine Familie gründen, ich wollte die Welt kennenlernen, deshalb hatte ich mich bei der KLM als Hostess beworben, wurde nach Köln zu einer Prüfung eingeladen und dort begann meine Liaison mit Lechenperg, der so alt war wie mein Vater, was meine Eltern nicht gerade mit Entzücken erfüllt hatte.

Und nun sahen sie, wie sich ihre Tochter auf dem gemeinsamen Besitz abrackert und ihr Geld investiert. Als Geschäftsleute waren sie anders gepolt als ich. „Jeder Schilling, den du da reinsteckst, ist nur 49 Groschen wert", sagten sie, denn Hari überließ mir in Schederlehen nicht nur alle Entscheidungen, sondern auch die Kosten, obwohl 51 Prozent ihm gehörten. Aber er war ja hauptsächlich wegen der Grundverkehrsbehörde eingesprungen und hatte mir versichert, dass ich seinen Teil einmal erben würde, er habe das schon festgelegt.

Nach der letzten gemeinsamen Asienreise hatte mir Hari die gesamte Fertigstellung der Filme anvertraut. Die Schneideräume von ARRI-Film in München waren nur fünf Gehminuten von meiner Schwabinger Wohnung entfernt. Mit der erprobten Cutterin Christl Leyrer machte ich mich an den Rohschnitt. Hari bekam von mir die *timing*-Listen für den Text, er brauchte nur mehr zu den Sprachaufnahmen nach München fahren. Auch um die Vertonung und Endfertigung kümmerte ich mich mit der Cutterin. Einerseits war er froh, dass ich mich so intensiv um alles kümmerte, andererseits war es ihm zuwider, dass ich dadurch automatisch zur unersetzlichen Mitarbeiterin wurde, ohne die nichts mehr ging. Als ich ihm einmal vorschlug, im Filmtitel zu „Ein Film von Harald Lechenperg" auch Uta Karl hinzuzufügen, bekam er wegen meiner Anmaßung fast einen Herzinfarkt.

Im Winter verbrachte ich die Wochenenden meistens bei ihm auf dem Grubhof in Kitzbühel, genoss das geheizte Haus, das Schifahren und seine Gesellschaft und informierte ihn über den Fortschritt der Filmausarbeitung. Manchmal begleitete ich ihn nach Wien, wo ich im Dorotheum nach Antiquitäten für Schederlehen suchte und einen Jogltisch sowie zwei schöne bemalte Bauernkästen für die Schlafzimmer ersteigern konnte. Auf der Münchener Auer Dult fand ich eine Schubladenkommode und vom Dachboden meines Elternhauses holte ich alles, was seit Großmutters Zeiten ausgemustert war. Großvaters alte Schreibtischlampe aus Messing, blattvergoldete Bilderrahmen, Zinnteller, kupferne Gugelhupfformen, Messingschüsseln, ein Jugendstilkastl. Aus handgewebten Leintüchern, auf denen noch mit rotem Garn die Initialen meiner Großmutter eingestickt waren, nähte ich Vorhänge für Stube und Küche. Die Pölster für die Kücheneckbank ließ ich mit handgewebten blauen Leinen von den Tiroler Heimatwerkstätten beziehen.

Als in St. Johann der Dechanthof umgebaut wurde, fand ich auch dort Dinge, die ich gebrauchen konnte, zum Beispiel barocke Türbänder, die perfekt auf die alte Holztür zum Bad passten und Bodenplatten aus rotem Untersberger Marmor, die aber für Schederlehen zu prunkvoll gewesen wären, ich schenkte sie Hari.

Anfangs hatte dieser mein Engagement in Schederlehen belächelt, doch als er sah, welche Fortschritte ich erzielte, war er beinahe neidisch.

„Um mich herum ist alles zum Verfall bestimmt", jammerte er und meinte damit seinen Bauernhof in Kitzbühel. Der war zwar vollgestopft mit wertvollen Antiquitäten, doch für Instand- haltungsarbeiten gab er keinen Pfennig aus.

Inzwischen hatte ich das Stalldach mit dem Hausdach verbinden und neu decken lassen. Der Hansenbichlbauer war ein guter Zimmerer, schimpfte aber immer bei der Arbeit. Wenn er einen Nagel einschlug, sagte er immer *„geh eini, du Fok"*. Bei den Bauern hier steht der *Fok*, das Schwein, hierarchisch auf unterster Stufe.

Als ich zum Beispiel einmal dem Kohllehner erzählte, dass ich mir eine gefüllte Kalbsbrust gemacht hätte, sagte er, so was Gutes hätte es bei ihm noch nie gegeben. „Du braucht ja nur ein Stierkalb für einen guten Braten abstechen", erwiderte ich. *„Na, den Hansei (so hieß das Kalb) mögn ma nid essn".* „Aber ihr stechts doch auch euer Schwein ab." *„Ja, a Fok is a Fok",* sagte er.

Im drei Meter breiten Zwischenraum von Haus und Stall entstand oben ein sonniges Badezimmer mit einer Glastür auf den Balkon hinaus. Auf der Hausseite beließ ich die schöne alte Blockholzwand, an der auch das Waschbecken montiert ist, die anderen Wände waren weiß gestrichen und teilweise mit Fliesen, die meine Münchner Freunde malten und brannten, verkleidet. Wenn man in der Badewanne liegt, sieht man auf die Hohen Tauern.

Waschbecken an der der Holzblockwand

Als ich nach dem Winter zurückkam, erlebte ich eine üble Überraschung. Unterhalb des Badezimmers waren meterdicke Eisberge, die mich an die Gletscherabbrüche des Pamirs erinnerten.

Aussicht vom Balkon vor dem Bad

Der Frost – es gab im März noch Minusgrade – hatte im Badezimmer die Hähne des Waschbeckens und der Badewanne gesprengt, daraufhin konnte das Wasser im Winter ungehindert wochenlang nachrinnen, sickerte irgendwann nach unten, wo einst der Schweinestall und das Plumpsklo waren, und gefror. Das war mir eine Lehre, seither entleerte ich die Wasserleitungen vor der kalten Jahreszeit und der offene Raum unter dem Bad wurde mit einer Glastür versehen.

Am Hang hinter dem Stall gab es einen eingezäunten Küchengarten. Diesen ließ ich umgraben, viel Mist einbringen und pflanzte Schnittlauch, Majoran, Salbei, Zitronenmelisse, Zwiebel, Salat, Gurken und

Weißkraut. Die Krautköpfe schmeckten besonders gut. Wenn meine Münchner Freunde übers Wochenende kamen, wir Bergtouren machten oder in der Sonne faulenzten und ein Picknick im Gras veranstalteten, war dieser zarte und knackige Krautsalat vom Garten der kulinarische Volltreffer in Sachen Beilage. Manchmal ließ ich vom Metzger einen gebratenen Schweinebauch dünn aufschneiden und schichtete dann immer eine Lage Gebratenes, darüber Zwiebel und viel frische Kräuter vom Garten. Dazu Baguettes und Rotwein oder Bier. Jahrelang bin ich ohne Kühlschrank ausgekommen, denn der vom Hausgang begehbare in den Hang hineingebaute kleine Keller war ein idealer Ersatz. Weißweinflaschen hatten dort die richtige Temperatur, Butter legte ich in ein Steingutgefäß mit Wasser, rohes Fleisch wälzte ich in Olivenöl, bedeckte es mit Knoblauchscheiben, Salbei, Rosmarin oder Lorbeer, so hielt es sich frisch und schmeckte würziger und die Bierkiste stellte ich in den Brunnentrog.

Oft bekam ich anregende Besuche, zum Beispiel von Alfred Janata mit seiner Frau. Er war Kurator der Asienabteilung vom Museum für Völkerkunde in Wien. Als wir beim Kohllechen-Bauern vorbeikamen, der gerade Sensen dengelte, war Teddy in seinem Element. Lachend erzählte er ihm, dass sein Werdegang als Ethnologe mit Mähen begann. 1958 kamen er und Max Klimburg im Auftrag des österreichischen Sensenverbandes nach Afghanistan, um den

Afghanen das aufrechte Mähen beizubringen. Doch die ganze Aktion war ein Desaster, die Afghanen wollten sich nicht von ihrer gewohnten Arbeitsweise mit Sicheln abbringen lassen. Bei den Spaziergängen am Sonnberg machte mich Janata immer auf Ähnlichkeiten mit Afghanistan aufmerksam, zum Beispiel einen hölzernen Riegel oder irgendeine Holzverbindung an einem Stadel. Bei einer Rast kratzte er mit einem dürren Ast die Umrisse eines kafirischen Opferhains in den Boden, ich sollte dann erraten, was das sei. Und immer schickte er mir das Afghanistan-Journal.

Wenn ich nach Schederlehen kam, war meine erste Tat immer Gartengießen und einen Blumenstrauß für den Stubentisch pflücken, Margeriten und Glockenblumen vom Feld oder meine Lieblingsblumen, die Pfingstrosen, die ihren wunderbaren Geruch im ganzen Haus verströmten. Hier waren noch alte Pfingstrosenknollen von den Vorbesitzern in der Erde, die ich jeden Winter mit Stallmist bedeckte und die sogar heute noch in voller Pracht blühen. Zu meiner Lieblingslektüre gehörten in dieser Zeit Gartenbücher und Bestellkataloge eines Pflanzenversandes, dabei lernte ich sogar lateinisch. Von mir gepflanzte Lärchen, Vogelbeerbäume, ein Nussbaum, Jasmin, Flieder, Holunder, Strauchrosen und Wildrosen aus dieser Pionierzeit gibt es immer noch. Eine Buche und ein rotblättriger Ahorn sind heute, nach einem halben Jahrhundert, fast landschaftsbeherrschend.

Es gibt noch einen Mostbirnbaum der um 1900 gepflanzt worden sein soll und von diesen Früchten und den Vogelbeeren brannte mein Pächter vorzüglichen Schnaps.

Der Forstbeamte, der einmal mit seiner Frau zu mir herauf spazierte, lobte mich wegen all der Anpflanzungen, auch er konnte diese „ausgeräumten Landschaften", wie er die nackten Felder nannte, in denen es keine Vogelschutzgehölze mehr gab, nicht leiden. Dem Steilhang unter dem Haus tat es auch gut, im oberen Teil bepflanzt zu werden. Ahorn und Birken halten mit ihren Wurzeln das Gelände, denn alle heiligen Zeiten besteht hier nach Dauerregen Erdrutschgefahr. Die Bauern nützen jeden Quadratmeter Land nach dem Motto „nur was etwas einbringt, ist was wert". Für Natur haben sie wenig übrig. Einmal sah ich, wie eine vollkommen gesunde schattenspendende Esche umgesägt wurde, nur weil in ihrem Schatten das gemähte Gras langsamer trocknete.

Ab und zu fuhr ich am Freitag noch spät in München weg, um in Scheda aufwachen zu können. Ich liebte es, morgens durch den Ruf des Kuckucks oder durch das Geräusch vom Mähen mit der Sense geweckt zu werden und das frischgeschnittene Gras zu riechen. Am späteren Vormittag war dann schon alles gemäht und mit dem Rechen gleichmäßig verteilt, am frühen Nachmittag wurde es gewendet und am Abend konnte es schon im Kletzenstadel eingelagert werden, weil es auf dem Steilhang so schnell trocknete.

Manchmal hatte ich fast ein schlechtes Gewissen, wenn ich der Pächterfamilie beim Heumachen zuschaute ohne zu helfen, aber das wurde auch nicht erwartet.

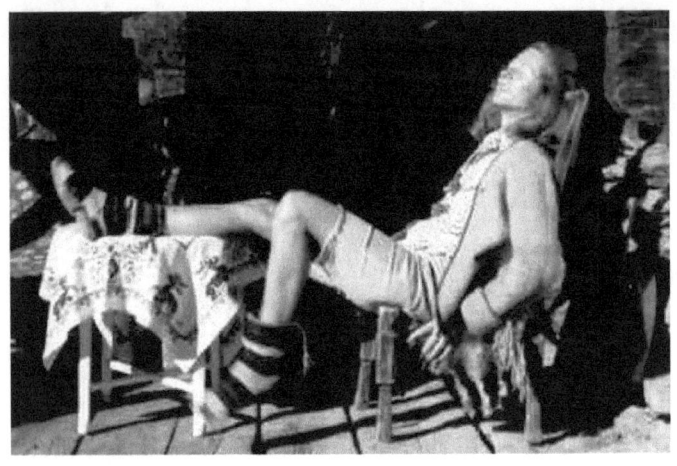

Bei schönem Wetter rannte ich morgens oft im Bademantel über das taunasse Gras zum Brunnentrog, legte mich schnell der Länge nach ins eiskalte Wasser und ging danach wieder ins Bett – meine Art zu kneippen. Einmal war ich eben in den Brunnentrog gesprungen als ich einen Mann und ein Kind bemerkte, die zu so früher Stunde am Hang darüber Blumen pflückten. Das Wasser war viel zu kalt, um im Trog zu verweilen, sie werden schon öfter einen nackten Menschen gesehen haben, sagte ich mir, als ich herausstieg und mich wieder in den Bademantel hüllte. Es waren Heilkräutersammler, die auf den nicht gedüngten Hängen von Schederlehen Johanniskraut sammelten und mir später ein Fläschchen mit dem heilkräftigen Johanniskrautöl brachten.

Das Leben mitten in der Natur war oft aufregend. Vor Gewittern hatte ich Angst, zündete manchmal eine schwarze Kerze an, obwohl ich sonst nicht abergläubisch bin. Es ging oft so schnell. Im Westen wurde der Himmel intensiv gelb, ich ahnte, was das bedeutete und brachte die Gartenmöbel in Sicherheit, schloss die Fenster und schaltete den Strom ab. Dann kamen schon Blitz und Donner, statt Regen hagelte es nusskerngroße Eisklumpen, im Nu waren viele Laubbäume total entlaubt. Ein trauriger Anblick.

Einmal glaubte ich das Gebrüll eines Tigers zu hören, das mir von den Sunderbans her vertraut war. Natürlich wusste ich, dass kein Tiger da war, jedoch – anstrengendes Lauschen – es ertönte wieder und ging mir durch Mark und Bein. Es war ein brünftiger Rehbock, der ganz in der Nähe hinter einem Heumandl stand. Ein anderes Mal fand ich am Balkon unter dem Nest der Hausrotschwänzchen mehrere kaputte Vogeleier. Doch die Altvögel brachten weiterhin Futter heran. Anscheinend hatte ein Kuckuck sein Ei ins Nest gelegt. Über Jahre hinweg hörte ich einen Kuckuck, den ich an seinem Stimmfehler erkennen konnte. Nach einigen normalen Rufen sackte plötzlich seine Stimme ab, dann kam Gekrächze. Unter den Schieferfelsen gab es einen Dachsbau in dessen Nähe ich einen Zwetschgenbaum anpflanzte, weil ich gelesen hatte, dass sie gerne Zwetschgen mögen.

Durch die ungewohnte körperliche Arbeit war mein Rücken oft beleidigt, deshalb kaufte ich mir ein Buch über Yogaübungen. Ich schaffte zwar keinen Lotus-Sitz, doch ich genoss es, auf der Wiese zu liegen und Streckübungen zu machen. Über mir kreiste ein kleiner Raubvogel oder es kroch eine kleine Schlange vorbei, eine *coronella austriaca*, deren abgelegte Haut ich schon mal auf der flachen Steinstufe gefunden hatte. Als ich einmal in der geheizten Stube auf dem Sofa lag, veranlasste mich ein Geräusch, zum Fenster zu schauen. Ein neugieriges Wiesel stand draußen auf dem Holzstoß, stemmte seine Pfötchen gegen das Fensterglas. Ich freute mich über alle Wildtiere, auch über die Rehe, die an den Rosenbüschen nagten, über die Hasen, die im Winter gern an der Rinde des Ahorns knabberten, über eine Ringelnatter oder die Kröten, die bei Regenwetter herumkrochen. Diese Naturerlebnisse ließen mir Schederlehen besonders ans Herz wachsen.

„Hast du keine Angst allein da oben am Berg?" wurde ich oft gefragt. Manchmal hatte ich Angst, wenn in der Zeitung stand, dass irgendwo ein Mörder oder Brandstifter von der Polizei gesucht wurde und frei in Osttirol oder unserer Gegend herumlief. Doch diese dumme Angst ließ ich nicht aufkommen. Hari hat mir mal seinen Revolver gebracht, zu meiner Sicherheit, sagte er. Ich versteckte ihn gleich im Schrank zwischen der Bettwäsche und vergaß drauf. Vor einer Königskobra hätt ich nicht mehr erschrecken können als vor dieser widerlichen Waffe, als sie mir Wochen später zufällig unterkam.

Durch Hari hatte ich auch kuriose Personen kennengelernt. Als mein Auto bei der Reparatur war, fuhr ich mit Mr. Olgin, der in München bei Radio Free Europe arbeitete, nach Schederlehen. Dieser Exilrusse war ein alter Bekannter von Hari, der vor dem Krieg das Bauerngasthäusl Breitmoos am Pass Thurn gekauft hatte. Dort soll er immer in Gesellschaft von Mannequins und Illustrierten-Schönheiten gewesen sein, und beim Trinken sein bester Gast. Zu Sylvester lagen alle schon ziemlich betrunken im Bett, als jemand „the house is on fire" rief, und so war es auch. Schnell zogen sie sich Pelzmäntel über die Nachthemden und machten Löschversuche mit Schneebällen, bis die Feuerwehr von Mittersill auf Motorrädern mit einem langen Schlauch heraufkam, aber nicht mehr viel ausrichten konnte. Olgin und Damen rodelten zum Gasthof Bräurup hinunter, um sich dort den Kater auszuschlafen.

Später ließ er alles aufbauen und verkaufte es in den fünfziger Jahren an die jetzigen Wirtsleute, die immer ein Zimmer für ihn reserviert hielten.

Bei dieser gemeinsamen Fahrt mit seinem VW-Käfer rauchte Mr. Olgin dauernd und lutschte dazu Pfefferminzbonbons, das Einwickelpapier und die leere Zigarettenschachtel warf er einfach auf den Rücksitz zum restlichen Abfall. Er fuhr auch nicht auf der Autobahn, sondern über die Landstraßen und musste zweimal wo einkehren, weil er als Stärkung ein Glas Wein brauchte. So schaffte er es bis Schederlehen hinauf, saß dann auf der überdachten Holzterrasse, las seine Zeitung und kommentierte die Aussicht mit „thats a commanding view", ein Feldherrenausdruck, der mir gefiel.

Wenige Jahre später ist er an einer Magenblutung gestorben, ich habe ihn noch im Krankenhaus in Mittersill besucht.

In München hatte ich einen großen Freundeskreis und oft besuchten mich viele und wir machten *una festa sui prati*, wie es Adriano Celentano in meinem Lieblingsschlager besang. Die mit wildem Wein bewachsene und schindelgedeckte alte Holzterrasse hatte ich mit aneinandergeschobenen Tischen zum „Restaurant Tauernblick" verwandelt. Dieser Essensplatz war traumhaft mit dem Blick auf die Berge, dem Schloss und der darunter sich ausbreitenden Landschaft. Die ehemalige Werkzeugbank diente als Buffet, darauf standen Steingutgefäße mit selbstgemachten Kümmelgebäck und von den Holzbalken hingen duftende Gewürzbüschel zum Trocknen. Die leere Scheune hatte ich zum Schlafen hergerichtet, den Boden mit Teppichen und Matratzen belegt und die Wände mit bunten, von Afghanistan mitgebrachten Tüchern behängt.

Bodo und Karli schaufelten für das Spanferkel eine Grube als Feuerstelle aus, in der es über Holzkohle garte. Karen badete splitternackt im eiskalten Brunnentrog, in dem auch Bierflaschen zum Kühlen standen. Conrad machte mit seiner Nudelmaschine eine Pasta die viel besser schmeckte als die gekaufte, und Sascha bereitete ein Pilzgericht oder Salat aus dem Garten. Damals in der Hippyzeit trugen wir lange Batikröcke, luftige Blusen, hatten die Haare mit einem Stirnband aus der Türkei oder Blumen geschmückt, ich trug um die Knöchel indische Fußketten.

Das Ziel unserer Ausflüge an Samstagen oder Sonntagen war meistens die Lirgstein-Alm. Zu dieser Alm führte kein Güterweg, mit Ross und Wagen war der alte Bauer mit seiner Frau hinaufgezogen. Wir gingen durch den Hochwald hinauf, allein schon der Geruch von Harz und Moos war eine Aromatherapie. Unterwegs badeten wir in den Gumpen, suchten Steinpilze oder Eierschwammerl und der freche Sascha sagte immer, dass man hinter mir die meisten Pilze findet und hatte nicht so unrecht. Die Lirgsteiner freuten sich über unseren Besuch, der zahnlose Bauer zündete sich sein Pfeiferl an, seine Frau offerierte frische Buttermilch. Die beiden waren richtige Künstler, aus Wurzeln, Flachs und einem Stück Rupfen hatten sie Adam, Eva und die Schlange gebastelt und damit die Außenwand ihrer Alm dekoriert.

Den Herbst liebte ich besonders. Mittersill war oft unter einer dichten Nebeldecke verborgen, vom Schloss schauten nur die Baum- und Turmspitzen heraus, und in Schederlehen, auf 1.000 m Höhe, war pralle Sonne. Eine Situation wie im Flugzeug.

Allerdings hatte Hari recht. Im Winter war Schederlehen noch nicht ideal. Über Nacht fror sogar der Kopfsalat im eiskalten Hausgang und das Entleeren der Wasserleitungen war lästig. Deshalb verbrachte ich die Wochenenden zu Haris Freude meistens bei ihm in Kitzbühel, wo ich auch meine Schiausrüstung hatte.

Im Sommer davor war ich selten bei Hari auf dem Grubhof gewesen, hatte deshalb ein schlechtes Gewissen. Damit er nicht immer alleine war, nahm ich eine flüchtige Münchner Bekannte mit, die sagte, sie würde gern garteln. Während ich im zwanzig Kilometer entfernten Schederlehen die Arbeiter beaufsichtigte, die ich nur am Wochenende auf Pfusch zur Verfügung hatte, pflückte sie in Haris Garten die Ribisel und kochte Marmelade ein. Da er bekundete, sie hätte den Charme eines Ackergauls, war ich nicht weiter beunruhigt, es war mir recht, dass sie ihm Gesellschaft leistete. Am Sonntagabend holte ich sie dann in Kitzbühel ab und wir fuhren zusammen nach München, wo sie einen Halbtagsjob hatte.

Mit der Zeit wurden ihre Besuche bei Hari zur Gewohnheit und das passte mir nicht mehr. „Lass sie doch, sie hat außer uns keine Freunde" sagte er. In ihrer Gegenwart konnte ich nicht einmal mehr ungeniert mit ihm streiten. Und zu diskutieren gab es viel. Am Filmschnitt fand er oft etwas auszusetzen, weil ich mich nicht immer an seine Anweisungen gehalten hatte. Doch der Redakteur vom ZDF entschied sich für meine Version und erst als der Film gute Kritiken bekam, hat mir Hari diese Eigenmächtigkeit verziehen.

Inzwischen war Schederlehen restauriert, im Eingangsbereich gab es sogar eine Fußbodenheizung, aber im Winter verbrachte ich die Wochenenden immer noch oft bei ihm in Kitzbühel, weil es bequemer war, als durch den Schnee nach Schederlehen hinauf zu stapfen.

Seine Liaison mit der Ribiselpflückerin war mir inzwischen egal. Unsere abenteuerlichen Reisen hatten uns zusammengeschmiedet, wir blieben weiterhin gute Freunde, verbunden durch die Filmarbeit.

Bei der Hochzeit meines Bruders hatte ich einen 16 Jahre jüngeren Liebhaber gefunden, der in Graz studierte. Als ich ihn mal Hari vorstellte, sagte er „wenn das so weitergeht, kommst demnächst mit einem daher, der noch die Schultasche auf dem Buckel trägt." Schederlehen war unser Liebesnest. Benjamin reiste von Graz an, ich kam von München und diese Wochenenden waren immer ein Fest der Sinne. Es machte mir Spaß ihn zu verführen, speziell als ich merkte, wie unerfahren er war und wie zärtlich er sein konnte. Wenn es draußen schneite und die Wärme und Geborgenheit des Hauses uns umfing, las ich oft aus dem Buch *Jasper Gate, the Memoirs of a Chinese Courtesan*, das ich zum Zeitvertreib aus dem Englischem übersetzt hatte, was vor. Die Champagnerkorken aus dieser Zeit stecken noch immer in den Astlöchern der Holzwände.

Frau Bidder hatte ich durch eine Leserzuschrift auf den Pamir-Film kennengelernt. Sie war die Witwe eines deutschen Botschafters in China und bearbeitete dessen unfertiges Buch über chinesische Filzteppiche. Für die Illustrationen brauchte sie Dias von der Filzherstellung der Pamirkirgisen. Als ich sie in München im vornehmen Altersheim Augustinum besuchte und verwundert auf die Wände schaute, wo lauter lebensrettende Apparaturen hingen, sagte sie „mit diesen Sachen muss man sich abfinden, ich denke dabei immer an meine früheren Schiffsreisen. Da hing auch solches Zeug herum." Diese Frau fand ich so sympathisch, dass ich sie an einem Herbstwochenende nach Schederlehen mitnahm. Mittersill und das Schloss lagen unter einer Nebeldecke, oben war Sonne und auf die Tage mit Benjamin anspielend

nannte ich Scheda bei dieser Wetterlage das „Haus über den Wolken zur doppelten Glückseligkeit". Da wischte sie mit einem Lappen das K.M.B. (Kaspar, Melchior Balthasar) über dem Türstock aus und malte mit Kreide das chinesische Schriftzeichen für die doppelte Glückseligkeit hin. Sie erzählte mir viel von ihrem bewegten Leben, wie sie in der Zeit des Krieges, auf der Schiffsreise zu ihrem Mann nach China, von den Portugiesen interniert wurde, sich in Goa aber frei bewegen durfte. Ich kannte Goa gut – Hari und ich waren 1962 so ziemlich die ersten Ausländer, die das von den Indern zurückeroberte Goa besucht hatten – so ging uns das Gesprächsthema nicht aus. In der Zeit von Haile Selassi war Frau Bidder deutsche Botschafterin in Äthiopien.

Weihnachten hat Hari das Erpresserfest genannt, denn zu Weihnachten machte Helen, die ledige Mutter seines Sohnes Florian immer Druck, er sollte nach München kommen, um dort mit ihnen Weihnachten zu feiern. Ich verbrachte den Heiligen Abend meist bei meiner Familie in St. Johann.

Dieses Jahr wollte ich die Feiertage erstmalig in Schederlehen verbringen, deshalb schlug ich Hari vor, Helen und Florian nach Kitzbühel einzuladen, das wäre am sinnvollsten. „Das ist wieder eine Schnapsidee von dir, im kalten Schederlehen Weihnachten zu verbringen" sagt er. Doch nach der Bescherung bei meiner Familie fuhr ich die fünfunddreißig Kilometer über den Pass Thurn nach Thalbach und ging zu Fuß nach Schederlehen hinauf. Die Schneekristalle funkelten im Mondlicht, Rehe und Hasen kreuzten den Weg, und oben angelangt umfing mich die am Vormittag eingeheizte Stube mit ihrer Gemütlichkeit. Es fehlte nur noch eine schnurrende Katze, aber die gab es dann auch bald.

In diesen Tagen war auch die Malerin Karin Welponer, die mir die schönen Fliesen gemalt hatte, in der Nähe. Zusammen mit ihren Südtiroler Freunden hatten sie eine Almhütte im Hollersbacher Tal gemietet und wir trafen uns am Stephanitag zum Schifahren auf der Gerlosplatte. Sie besuchten mich in Schederlehen, einer hatte sogar eine Ziehharmonika mitgebracht.

Mit meinen Trockenpilzen machten sie den besten Risotto, den ich je gegessen hatte. Ich erinnere mich noch, dass sie zum Aufgießen Cognac benützten.

Als ich zu Neujahr vom Schifahren zurückkam, staunte ich nicht wenig, in Schederlehen Hari, Helen und deren Sohn Florian anzutreffen. Als Mitbesitzer hatte

Hari ja einen Schlüssel. Helen machte Tee, Hari schenkte mir ein selbstgebasteltes Vogelhäusl und Florian war beim Holzhacken. „Zum Abreagieren", sagte er lachend „ohne dich konnten wir es auf dem Grubhof nicht mehr aushalten." Seiner Mutter gefiel es hier so gut, dass sie in den Jahren darauf oft mit ihrer Katze auf Besuch kam.

Der für das ZDF gemachte zweite Pamirfilm war bei einer internen Umfrage des Bayrischen Fernsehens besonders gut benotet worden. Das war der Grund, warum Hari nun vom BR wieder einen Vertrag bekam. Er hatte einen dreiteiligen Film „The Asian Highway" vorgeschlagen. Als Vorbild schwebte ihm die „Traumstraße" von Dominick vor. Wie üblich machte ich mich sofort an die Arbeit. Von der UNESCO, die für den „Asian Highway" genannten Straßenbau von Wien bis zum Pazifik zuständig war, bekam ich nicht nur Karten und Schriften über den Fortgang der Arbeiten zugeschickt, sondern auch die Adressen von beteiligten deutschen Firmen.

Als ich ihn am Wochenende über alles informierte, sagte er „Uta, du brauchst dich nicht mehr um dieses Projekt kümmern, denn diesen Film mach ich nicht mehr mit dir." Ich war wie vom Schlag getroffen. Warum? In Anbetracht seines Alters – er war gerade 70 – wollte er eine angenehme Reise. „Ich weiß, mit dir wird's ein guter Film, aber eine unangenehme Reise, denn du willst alles erzwingen, hast immer nur Arbeit im Sinn." Er wollte auch keinen Kameramann dabeihaben, sondern selbst drehen. Einlenkend meinte er „Du kannst ja später mit einem Kameramann nachkommen und das Fehlende nachdrehen." So macht man keinen Film. Entweder bin ich von Anfang an dabei oder gar nicht. „Dann mach halt deine eigenen Filme, du glaubst ja ohnehin, dass du alles besser kannst!" Auf meine Bitte rief er den zuständigen Abteilungsleiter der Kulturabteilung des ZDF an und bat ihn, sich meine Filmvorschläge anzuhören. Nun lag es an mir, meine Zukunft zu gestalten.

Entweder ich bekomme einen Filmauftrag oder ich werde im wahrsten Sinn des Wortes Schederlechnerin. Dann halte ich Schafe und Hühner, lebe hauptsächlich von der Natur, mache aus Brennesseln Suppe, aus Bachkresse und Löwenzahn Salat, koche mir Moosbeernocken und verdinge mich als „Tafelmalerin". Speck und Eier hatte ich für ein Marterl bekommen, das ich einmal für den abgestürzten Brunnlehenbauern gemalt hatte. Man hatte es am Unglücksort an einer Fichte befestigt. Auf die Vignette unterhalb der Darstellung seines Absturzes hatte ich den Spruch *„Hier fiel Josef Leitner in die Klamm, drei Monate später er in den Himmel kam"* gemalt. Von den Viehlehen-Bauern erfuhr ich, dass der Tierarzt wissen wollte, wer das gemalt hätte. Außerdem gefielen ihm meine in gotischer Schrift gemalten Kuhnamen über den Boxen ihres Stalles.

Die Cutterin sah mich schon als Schafhirtin und malte dieses Bild von der „Schederlehenbäurin".

Ich fuhr nach Mainz und hatte Glück. Ohne Haris Rückhalt hätte ich nicht die geringste Chance gehabt, als freie Mitarbeiterin beim Fernsehen Fuß zu fassen. Ich bekam den Auftrag für einen Dokumentarfilm über Belutschistan. Man hatte zwar Bedenken, ob ich das als Frau in einem islamischen Land schaffen würde, doch die konnte ich zerstreuen. Hari half mir sogar noch mit der üblichen Bankgarantie, die man dem Fernsehsender für den Vorschuss leisten musste, dafür wurde er als Produzent genannt.

Das Filmprojekt musste verschoben werden, denn ich brach mir beim Schifahren den Unterschenkel, was drei Monate Gipsverband bedeutete. Da Schederlehen im Winter mit dem Auto nicht befahrbar war, brachte mich die Bergrettung nach Kitzbühel auf den Grubhof. Es gab Komplikationen, meine Zehen wurden blau und Hari brachte mich ins Krankenhaus, wo mir ein neuer Gips verpasst wurde. Nur mit Krücken konnte ich mich bewegen, denn der schwere Gipsverband reichte bis zum halben Oberschenkel.

Gegen Ostern war der Weg nach Schederlehen wieder mit dem Auto befahrbar. Helen kam mit ihrer Katze von München, um mir Gesellschaft zu leisten und hatte von Dallmayr die köstlichsten Delikatessen mitgebracht. Das Frühstück gestaltete sie „römisch-griechisch", auf zwei Liegen in der Sonne vor dem Haus. Alles war da, Tee, Rahm, weiche Eier, Toast, Butter, Orangenmarmelade und die Süddeutsche Zeitung. Die Nachbarin brachte mir Arnikageist, den ich gegen das unerträgliche Jucken in den Gipsverband hineinschüttete.

In Schederlehen hatte ich genug Zeit, mich ausführlich mit dem Belutschistan-Filmprojekt zu befassen. Diese wüstenhafte Provinz in Pakistan war ein Krisengebiet im Aufruhr und die Filmgenehmigung zu erhalten, erforderte einen ständigen Briefverkehr mit den dortigen Ministerien. Es war eine neue Erfahrung. Mit Hari hatte ich noch nie einen geopolitisch angehauchten Film gemacht.

In diesen Tagen holte er mich ab und fuhr mit mir nach München zur Schiele-Ausstellung im Haus der Kunst. Er liebte es, den Cicerone zu machen und gab zum jeweiligen Bild sein Kommentar ab, ging dann so schnell zum nächsten, dass ich mit den Krücken kaum nachkam. Ich kannte ihn zu gut, er wollte sich meine Entgegnung nicht anhören, denn für ihn gab es nur eine Meinung – seine Meinung.

Doch so kritisch ich ihm gegenüber bin, so dankbar muss ich auch sein. In den vierzehn zusammen verbrachten Jahren habe ich unendlich viel gelernt, nicht nur auf den Reisen und bei der Filmarbeit. Rückblickend kann ich nur sagen, dass ich an seiner Seite die interessantesten Jahre meines damaligen Lebens verbracht hatte, ich lernte interessante Leute kennen und bekam dauernd Denkanstöße. Er entwickelte meinen Sinn für Kunst und Freude an brillanter Ausdrucksweise, betonte aber oft mit Humor, dass man loyal sein sollte und sich nicht zu wichtig nehmen darf. Er hat viele Samen gelegt, manche sind aufgegangen, manche keimen noch immer. Als ich seinen Mangel an Zärtlichkeit monierte, sagte er, „aus mir wirst nie einen Schmalzbruder machen!"

Während dieser zwei Tage ist Helen allein in Scheda geblieben und hat folgendes Gedicht geschrieben:

„Wenn du denkst, du bist allein,
sagt das Haus was fällt Dir ein?
Ich bin doch da und halt Dich warm
mit meinem Holz aus alter Zeit
Steh ich für jung und alt und reich und arm –
für das, was heißt Gemütlichkeit!

Die Katze hat das gleich erkannt –
auch wenn sie grad hinaus gerannt.
Sie hat des Lebens Sinn erkannt
und sitzt ganz umgekehrt vor Glück
im linken oberen Gartenstück.

Dort passt auf Mäuse sie und Spatzen
und lässt sie nicht mehr aus den Tatzen,
oder nur kurz, um sie erneut zu jagen
und spielt damit in sichtlichem Behagen –
weil sie das Töten nicht geübt –
bis dass die Maus den Geist aufgibt.

Dem Haus ist's recht,
ihm ist 'ne Maus ein großer Graus,
ihm wird schon schlecht, wenn gar ein Specht,
schön groß und bunt, ein Loch sich hackt –
und sei der Grund auch noch so rund.
Das mag es nicht!
Schon gar nicht, wenn nun eine Maus
ein Loch sich nagt in es, das Haus!"

Nach drei Monaten wurde mir der Gipsverband abgenommen und mein Bein sah aus wie das der hungrigen Kinder von Biafra, nur Knochen und Haut. Über diesen Krieg wurde damals dauernd berichtet.

Hari ist mit der Ribiselpflückerin im Auto nach Asien gefahren, um den Asian-Highway-Film zu machen. Ich flog ein paar Wochen später nach Pakistan, musste dort noch die Genehmigung für den Belutschistan-Film erkämpfen, dessen Zustandekommen ich im Buch „Wo, bitte, ist Belutschistan?" beschrieben habe. Bald nach der Sendung wurde der pakistanische Präsident Bhutto, der im Film öfters zu sehen war, ermordet, deshalb kauften viele Länder Europas meinen Film und ich hatte plötzlich mehr Geld auf der Bank, als ich es je zu träumen gewagt hätte.

Anfangs war Hari auf meinen Erstlingserfolg beinahe eifersüchtig, denn nicht nur Hörzu und andere Rundfunk-Zeitschriften berichteten über den Film und zeigten Fotos von mir neben den Belutschenhäuptlingen, auch die Süddeutsche Zeitung schrieb darüber. Sein Asian Highway Projekt war hingegen ein totaler Flop. Doch bald rang er sich zu Erkenntnis durch, dass ich die einzige Frau sei, die viel durch ihn gelernt hätte.

Nun glaubte ich, ohne Schwierigkeiten weitere Filmaufträge zu bekommen. Weit gefehlt! Einen Filmauftrag zu bekommen erfordert mehr Energie, als einen Film unter schwierigen Voraussetzungen zu machen.

Ich hatte dem ZDF einen Film über die Geschichte der Königin von Saba vorgeschlagen. Man brachte mich mit einem Archäologen vom Römisch-Deutschen Museum in Köln zusammen, der auch einen Film im Yemen machen wollte, doch unsere Vorstellungen waren zu verschieden, um sie auf einen gemeinsamen Nenner zu bringen.

Ein schwuler Freund aus der Hamburger Modeszene verschaffte mir den Auftrag für einen Kurzfilm über die kommende Wintermode, der im August gedreht werden musste. Am Münchener Bahnhof, hatte man uns auf einem Abstellgleis einen Zug zur Verfügung gestellt, mit Nebelmaschinen wurde Kälte suggeriert, angetan mit schicken peruanischen Mützen, Strümpfen, Jacken, Schals, stiegen dann die Models aus dem Zug und bald danach lief dieser Kurzfilm über die Wintermode als Schleife nonstop im Kaufhaus Beck.

Durch Zufall hatte ich bei Hari ein ledergebundenes altes Buch von Kürsinger, dem Pfleger auf Schloss Mittersill, über die Erstbesteigung des Großvenedigers 1841 gefunden. Diese Schilderung fand ich so faszinierend, dass ich der Abteilung „Unter unserm Himmel" vom BR vorschlug, darüber einen Film zu machen. Ich bekam den Auftrag und benützte Schederlehen als Hauptquartier. Zum Kennenlernen der Situation begleitete mich Haris Sohn Florian auf den Großvenediger. Ich war das erste Mal im Leben mit Steigeisen am Seil. Als ich auf der schmalen Gipfelwächte beidseitig die Dohlen unter mir fliegen sah, überkam mich die Angst vor der Tiefe – ich bin nicht schwindelfrei. Ich klinkte mich vom Seil aus, kroch auf allen Vieren zurück, sehr zum Ärger unseres Bergführers.

Mit einem bergerfahrenen Kameramann, einem Tonmann, Karin Welponer und Evelyne, die inzwischen mit Hari liiert war, sowie ihrem türkischen Hirtenhund ging es dann einige Tage später richtig los. Bis zur Kürsinger Hütte verlief alles programmgemäß, doch dann waren wir zum Warten verurteilt, denn der Föhn hatte von der Sahara so viel Sand auf den Sulzbach-Gletscher geweht, dass er schmutzig braun war.

In dieser Zeit kam Hari auf die Hütte nach, er wollte sehen, wie ich alles hinkriegte. Zum bärtigen Kameramann sagte er gleich, dass er etwas gegen Männer hätte, die ihre sekundären Geschlechtsmerkmale im

Gesicht tragen würden. Typisch Hari, sein Humor ist zynisch. Doch der Kameramann lachte nur über die Provokation, er war von mir über dessen Gemütszustand aufgeklärt worden.

Zum Glück hat es dann in der Nacht geschneit, der Gletscher war präsentabel, der Föhn trieb die Wolken schnell über den Himmel, eine unglaublich schöne Stimmung. Das Filmen des Aufstiegs von der Kürsinger Hütte bis zum Gipfel zog sich über zwei Tage hin.

Wir hatten keine geeignete Gletscherspalte gefunden, in die sich der Kameramann hätte abseilen können. Und auf diese Einstellungen war ich besonders scharf. Kürsinger bezeichnete sie in seinem Buch als

„schauerliche Eisklüfte, die wie ein schon bereitetes Grab für den Abstürzenden heraufgähnten". Die Aufnahmen vom Inneren der Gletscherspalten wurden dann woanders gefilmt und in St. Johann mietete ich ein kleines Flugzeug, von dem noch schöne Luftaufnahmen gemacht wurden. Die Dreharbeiten für diesen zwanzig-Minuten Film waren innerhalb kürzester Zeit fertig.

Freiberuflich arbeitend konnte ich zwischen dem Filmemachen oft lange Zeit in Schederlehen verbringen. Noch nie in meinem Leben habe ich so gern körperlich gearbeitet. Ich mähte, bepflanzte den Gemüsegarten, malte sogar einen Geißbock und einen großen Stier an die Stallwand, den ein Freund mit dem Ausruf „das ist ja ein taurischer Stier" bedachte.

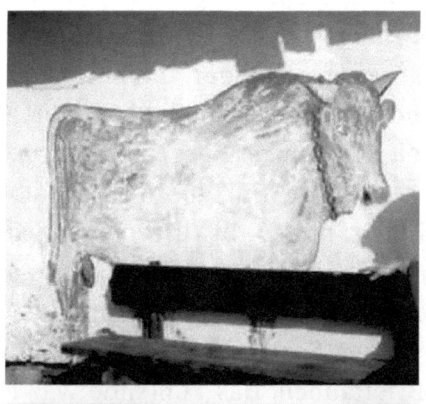

Im Jahr darauf ist es mir gelungen, vom ZDF einen Auftrag für einen 45 Minuten Film über Tauben zu bekommen. Auf dieses Thema hat mich ein befreundeter Rundfunkautor gebracht. Es war ein teurer Film, weil in vielen Ländern gedreht wurde. In München drehten wir das Stadttaubenproblem und den Auslass von tausenden Tauben aus LKW's, auf die im Ruhrgebiet schon die taubenzüchtenden Kumpel warteten, die wir später dort filmten. In Tübingen wurden die Experimente der Forscher gedreht, die den Orientierungssinn der Tauben zu ergründen suchten und in Venedig die Tauben am Markusplatz, die dort seit 1203 quasi Bürgerrecht haben, weil sie eine Siegesbotschaft von Zypern innerhalb kürzester Zeit überbracht hatten. In Griechenland filmten wir auf der Insel Tinos die architektonisch so interessanten Taubentürme und bei den jährlichen Truppenübungen in der Schweiz die Nachrichtenübermittlung mit Brieftauben. Das Filmende war ein Magier, der in einem Varietè zu Klaviermusik aus den zwanziger Jahren seine Taubentricks vorführte.

Nach den anstrengenden Dreharbeiten gönnte ich mir eine zweiwöchige Pause mit meinem weißen Kater Hiob in Schederlehen. Diesen Kater, der eher den ägyptischen Vorbildern glich als den mageren und kurzbeinigeren Katzen von hier, hatte ich von der Insel Elba mitgebracht. Ich konnte ihn nur halten, weil ihn Hari übernahm, wenn ich unterwegs war und im Gegenzug kümmerte ich mich um seine

Katze, wenn er verreiste. Diesmal fuhr er mit Evelyne nach Italien und brachte mir seine Kamikatze und einen Riesenpacken faschiertes Fleisch. „Was soll ich denn ohne Kühlschrank mit diesen Fleischmengen tun" wollte ich wissen. „Wenn sie es gar nicht fressen, kannst dir ja Cevapcici machen", war seine typische Antwort.

Kamikatze und Hiob

Ich hab mir aber keine Cevapcici gemacht, denn am nächsten Tag war mir übel zumute, ich fror obwohl es Hochsommer war, ging in einen Daunenmantel gehüllt nach Kohllehen, hoffend, dass Maridl eine passende Medizin gegen Schmerzen hätte. Obwohl dort die Heuernte in vollem Gange war, bot sie mir an, mich ins Krankenhaus zu bringen. Doch ich wollte abwarten, ob ihre Schmerztabletten halfen. Es gab ja kein Telefon auf Scheda, deshalb sagte sie, wenn ich Hilfe bräuchte, soll ich ein Leintuch auf meinen Balkon hängen, das würden sie am nächsten Morgen beim Melken bemerken. In der Nacht ging es mir so schlecht, wie noch nie in meinem Leben. Mein Zustand war kritisch. Was tun mit den beiden Katzen? Ich kochte das Faschierte, schüttete einen ganzen Sack Trockenfutter in eine Schüssel, fixierte das kleine Fenster im ersten Stock, damit sie da raus und reinkönnen und hing das Leintuch auf den Balkon, weil ich fürchtete später nicht mehr dazu imstande zu sein.

Am nächsten Morgen brachte mich Maridls Sohn ins Krankenhaus nach Kitzbühel. Wie die Kinder in der Koranschule schaukelte ich im Auto vor mich hin, das machte meinen Zustand erträglicher. Plötzlich war der Schmerz ganz weg. In Kitzbühel sagte ich zum Arzt, dass es mir wieder gut geht, doch trotzdem wollte er mich zur Beobachtung behalten. Mittags bekam ich wieder Schüttelfrost und plötzlich wurde es ihnen eilig, mich zu operieren. Ehe ich in die Narkose verfiel, hörte ich sie noch vom Tennisspielen reden. In der Nacht nach der Operation bekam ich wieder Schüttelfrost und eine der Mitpatientinnen brachte mir eine Wärmflasche. Am Morgen kam der am Vortag nicht anwesende Oberarzt mit dem üblichen Gefolge zur Visite, und war schon am Nachbarbett, als ich ihn zurückrief und sagte, ich wüsste genau, dass ich den Tag nicht überleben würde. Daraufhin ordnete er an, mich in den OP zu bringen, wo er dann den Chirurgen und den Assistenten zur Rede stellte. Ihrem erregten Gespräch entnahm ich, dass sie nicht bemerkt hätten, dass es ein Blinddarmdurchbruch war, dazu kam eine Bauchhöhleneiterung. Sechzehn Tage später wurde ich auf achtundvierzig Kilo abgemagert entlassen. Während ich im Spital war, fuhr meine Schwester nach Schederlehen um die Katzen zu holen. Nur Haris Kamikatze war da, der Kater Hiob blieb unauffindbar.

Nachdem es mir wieder besser ging, arbeitete ich mit der Cutterin in den Schneideräumen bei ARRI am Taubenfilm. Dort lernte ich Friedrich von Thun kennen, dessen Stimme mir so gefiel, dass ich ihn bat, den Text zu sprechen, was er netterweise tat. Meines Erachtens ist dies mein bester Film, er wurde oft gesendet.

Inzwischen war mir klar geworden, dass ich dem Stress als *freelancer* nicht mehr gewachsen bin, denn beim Filmemachen wird man ständig bis an seine Grenzen belastet. Vor allem braucht man eine eiserne Gesundheit. Mit Hari zusammen war das leichter, wir waren zu zweit, doch nun war ich allein. Mit einem Partner vom Metier hätte ich mich gern zu weiteren Taten aufgeschwungen, ich hatte noch viele Filmideen im Kopf, die begraben werden mussten.

Hari ist inzwischen gestorben. Meinem Vater, der

ihm früher die 51 Prozent von Schederlehen für mich abkaufen wollte, hatte er damals geantwortet, er könne sich das Geld sparen, denn es sei schon testamentarisch geregelt, dass ich es erben würde. Doch es kam anders. Die Ribiselpflückerin, mit der er die letzten Jahre seines Lebens verbracht hatte, wollte den Grubhof in Kitzbühel für sich allein haben, deshalb erbte sein Sohn Florian nur Haris Anteil von Schederlehen, den ich dann von ihm zurückkaufte.

Um Geld zu verdienen machte ich einige *odd jobs* im Spielfilmsektor und landete bei Werner Herzog, der jemanden suchte, der mit dem Metier vertraut ist. Während er am Amazonas den Fitzcarraldo drehte, wurde ich in seinem Münchner Büro – wegen der Zeitverschiebung immer spät abends – über das Fernschreibgerät verständigt, was man alles brauchte. Perücken und Notenhefte für die Opernszenen, Eau de Vichy für Claudia Cardinale, Haarfärbemittel für Klaus Kinsky. Alles musste sofort aus Paris oder sonst woher besorgt und möglichst schnell mit dem Filmmaterial nach Miami geschickt werden. Von dort wurde es nach Manaos weitergeleitet. Dieser Job war so stressig, dass ich mich nicht mehr ausklicken konnte, der erste Gedanke beim Aufwachen war die Arbeit, nicht einmal am Wochenende in Schederlehen konnte ich mich auf etwas anders konzentrieren.

Nachdem Fitzcarraldo abgedreht war, kam Werner Herzog mit Frau und Sohn zweimal nach Schederlehen und er war vom „Haus über den Wolken" begeistert, sagte, es sei das gemütlichste Bauernhäuschen, das er kenne.

Ich erzählte ihm von Frau Bürkner, die für das Feuilleton der FAZ Reportagen über islamische Länder schrieb und mit mir einen Film über Ghadafi machen wollte, der aber aus politischen Gründen nicht realisiert werden konnte. Stattdessen vermittelte mich Frau Bürkner an Polyglott, die jemanden suchten, der einen Reiseführer über die Insel Elba schreiben konnte.

Den Herbst und Winter 1980/81 verbrachte ich auf der Insel. Es war kalt und um den Kamin anzuheizen, riet man mir, angeschwemmtes Holz von Strand zu holen. Doch um dieses zum Brennen zu bringen, musste ich immer Grappa draufgießen. Ich wollte trockenes Brennholz für den Kamin des Hauses in Pomonte und so fuhr ich in die waldige Gegend um Poggio und fragte, wo ich Brennholz kaufen könnte. Man schickte mich zu Roberto, und ich kam jede Woche zu ihm, kaufte Brennholz und erfuhr auch viel Nützliches über die Pflanzen der Macchia und den Weinbau auf der Insel. Als ich hörte, dass er drei oder vier Mal im Frühling eine *Carbonaia* – einen Holzkohlenmeiler – macht, wurde ich neugierig. Das war etwas mir völlig Unbekanntes, und ich beschloss, wiederzukommen, um das zu fotografieren.

Die Tourismusbehörde subventionierte dann die

Herstellung des Büchleins „*La Carbonaia die Roberto*" und man organisierte eine große Fotoausstellung. Bei der Ansprache sagte der Tourismuschef lachend, dass es einer Österreicherin zu verdanken sei, dass die Holzkohlenherstellung auf der Insel, die auf die Zeit der Etrusker zurückgeht, noch im letzten Moment dokumentiert wurde. Sogar von der Universität in Pisa bekam ich Komplimente.

Ich freundete mich mit Roberto an und investierte das Geld vom Belutschistan-Film in den Ausbau seiner Cantina. Das bedeutete, dass sich der Schwerpunkt meines Lebens nach Elba verlegt hatte. Im August fuhr ich dann mit ihm und der Katze nach Schederlehen, das Auto vollbeladen mit Tomaten, Obst vom Garten, Wein, Olivenöl, Parmesan und Schafskäse. In den drei oder vier Wochen, die wir hier verbrachten, bekochte er oft Verwandte und Bekannte.

Zwischen Schederlehen und dem Landsitz auf Elba fand Roberto eine gewisse Ähnlichkeit. Von hier hatte man die Aussicht auf die Tauern, von dem Haus in Lavacchio auf den Monte Capanne. Beide Anwesen lagen auf einer Höhe inmitten der Natur, die Orte zum Einkaufen sind unten im Tal. Roberto liebte die Natur nicht unbedingt wegen ihrer Schönheit, sondern weil sie Gutes bescherte, wie Pilze, Moosbeeren und Himbeeren. Bergtouren waren für ihn unnütze Anstrengungen, nur wenn was zu holen war, scheute er keine Mühen. Irgendwie kam er mit den Einheimischen zurecht, ohne ein Wort Deutsch zu können.

Drei Mittersiller Mineraliensammler, die uns auf Elba besucht hatten und im Sommer in Schederlehen Wäsche am Balkon bemerkten, ein sicheres Zeichen, dass wir da waren, kamen wie die Heiligen drei Könige, jeder mit einer Gabe, einen Aschenbecher aus Halbedelsteinen, ein Stockerl und ein Kaninchen herauf. An diesem Tag war ich in München. Roberto erzählte, sie hätten zusammen gegessen, geraucht und geredet. „Über was?", fragte ich erstaunt. „Übers Wetter und über die Rente."

Ein anders Mal, als ich wieder in München zu tun hatte, blieb Roberto lieber in Schederlehen und ging Pilze suchen. Da er so viele gefunden hatte, wollte er davon ein Foto haben, um es seinen Freunden in Elba zu zeigen. So ging er zum Kohllehenbauern hinüber und sagte immer *„foto, per favore fate un foto dei miei funghi".* Die verstanden ihn nicht, hätten auch keinen Fotoapparat gehabt, gaben ihm stattdessen ein Stamperl Schnaps und ein Hochzeitfoto vom jungen Kohllehenbauern.

Anfang Jänner fuhr ich immer allein nach Österreich, denn ich mochte den Wechsel der Jahreszeiten, den Schnee, das Schifahren, und diese Trennung tat unserer Beziehung auch gut. Als ich einmal vom Schifahren auf der Resterhöhe zurückkam, war der Hang bis zum Haus hinauf schwarz. In Thalbach erzählte man mir, dass der Lirgstein Franzl auf dem Weg Astwerk verbrannt hatte und als Wind aufkam, das trockene Gras am Südhang Feuer fing. Um zu verhindern, dass es auf das Haus übergreift, sei er mit einer Schaufel zum Löschen hinaufgelaufen und wäre jetzt mit Verbrennungen im Spital. Ich war natürlich erleichtert, dass das Haus noch stand, und der Franzl kam zum Glück auch schon am nächsten Tag mit verbundenen Händen zurück.

Mitte März konnte ich es dann kaum erwarten, wieder nach Elba zu kommen, freute mich auf die dort schon blühenden Mimosenbäume, Narzissen, Zwerghyazinthen und Tulpen.

Jahrelang behielt ich diese Routine bei, den Winter verbrachte ich allein in Schederlehen und im August fuhr ich mit Roberto und der Katze, die schon von klein auf an die sommerlichen Autofahrten gewöhnt wurde, nach Mittersill. Eine anstrengende Fahrt, etwa siebenhundert Kilometer von Haus zu Haus.

Am Tag nach unserer Ankunft machte ich immer die nötigen Besorgungen, während Roberto den Tisch und die Holzbänke unter den Nussbaum schaffte und etwas kochte. Da kam einmal der Pächter vorbei, der ihm erzählte, dass es ein besonders gutes Pilzjahr sei. Früher konnte Roberto den steilen Pfad, der zu den Wäldern führt, problemlos hinaufgehen, doch inzwischen spielt sein Knie nicht mehr mit. Die Zeitung könnte ich auch später lesen, sagte er nach dem Essen und drängte mich, mit ihm Schwammerl suchen gehen. Meine Proteste, dass ich den ersten Ferientag lieber in der Hängematte verbringen würde, rührten ihn nicht. Ich könnte ein Monat lang faulenzen, er würde kochen, putzen und Rasenmähen, doch heute Abend möchte er einen Pilzrisotto machen und ein bisschen Gehen täte mir auch gut. Er hatte schon Körbe und Messer parat, ich zog mir die Bergschuhe an und wir fuhren mit dem Auto nach Viehlehen, dem höchstgelegenen Bauernhof über uns.

„Komm, nimm den Spazierstock, du bist ja auch nicht mehr die Jüngste", sagte er und reichte mir fürsorglich den Haselstock, den ich eher als lästig einstufte. Wir verabredeten uns in etwa einer Stunde beim Viehlehenbauer, dann ging jeder von uns in eine andere Richtung. Genüsslich atmete ich die nach Tannenrinde duftende kühle Waldluft ein und schon war ich froh, dass ich mich zu diesem Ausflug überreden ließ. Über bekanntes Gelände stieg ich durch den Hochwald und Moosbeerbüsche bergauf, hielt mich dabei an jungen Fichten an und verfluchte den blöden Spazierstock, der mir nur im Weg war. Wegwerfen wollte ich ihn auch nicht. Im Gras fand ich dann ein ganzes Nest von leuchtend gelben Eierschwammerln und am Rand eines steilen Grabens eine Menge Steinpilze mit festem Fleisch und ohne wurmstichige Stängel. Was für ein Glück, am ersten Tag meines Ferienaufenthaltes von der Natur so belohnt zu werden! Am Vortag die lange ermüdende Fahrt bei einer schier mörderischen Hitze und heute dieser harzduftende pilzreiche Wald!

Den Korb voller Schwammerl versteckte ich unter einem Strauch, um ihn dann mit dem Auto abzuholen und joggte, den ungewohnten Spazierstock in der Hand schwenkend, den Güterweg bergab.

Anscheinend war ich auf einen trocken aussehenden Kuhfladen getreten und ausgerutscht, habe mich beim Hinfallen mit dem stocktragenden Arm so unglücklich abgestützt, dass ich mir dabei den eisernen Spitz des Spazierstocks durch Mund und Nase stieß. Reflexartig zog ich ihn mit einem Ruck heraus und lief heftig blutend und immer wieder Schreie ausstoßend, über die steilen Wiesen bergab. Die Viehlechner waren beim Heuwenden und erschraken, als sie mich so blutüberströmt auf sie zulaufen sahen.

„*Kemmts glei sunst verbliats*" riefen sie der Rettung ins Telefon. Ich schrieb noch die Telefonnummer meines Bruders auf und gab ihnen den Autoschlüssel, ehe mich der Krankenwagen ins Mittersiller Krankenhaus brachte. Dort machte man sofort Röntgenaufnahmen. „*Da is eh alles zermatschkert, bringt sie gleich nach Zell in die HNO*", hörte ich sie sagen. Durch den Anruf des Mittersiller Arztes war man schon auf die Operation vorbereitet, doch ich erinnere mich an nichts mehr. Als ich bei Dunkelheit aufwachte, standen mein Bruder und Roberto besorgt am Krankenbett.

Am nächsten Tag sagte der Oberarzt seiner „gepfählten" Patientin (so wurde mein Unfall genannt), dass ich enormes Glück gehabt hätte, dass sich der Stock nicht noch durch das Auge ins Gehirn gebohrt habe. Zwei Wochen behielt man mich im Krankenhaus und sprach von einer notwendigen Nachoperation im folgenden Jahr. Während dieser Zeit kümmerte sich die Familie meines Pächters und vor allem seine mit einem italienischen Arzt verheiratete Tochter rührend um Roberto, ab und zu fuhren sie mit ihm auch nach Zell, um mich zu besuchen.

+ + +

Als Roberto einige Jahre später einen Schlaganfall bekam, musste ich mich rund um die Uhr um ihn kümmern, konnte auch im Winter nicht mehr nach Schederlehen fahren. Da erfuhr ich, dass mein Neffe

Peter an diesem Besitz interessiert war und verkaufte ihm das Anwesen zu einem Freundschaftspreis, behielt mir jedoch im alten Haus das Wohnrecht auf Lebenszeit. Weiterhin verbringe ich den Sommer auf der Insel Elba und den Winter hier.

Um Schederlehen übernehmen zu können, musste Peter sogar einen Kurs mitmachen, in dem er lernte, was ein Bauer alles wissen muss. Er hat sich das größere Stallgebäude neben dem alten Haus, ohne die Form zu verändern, komfortabel ausgebaut, wohnt dort mit Frau und Tochter. Im neu errichteten Schafstall halten sie Schafe und ein paar Hühner, und lieben den Besitz, der sehr viel Arbeit erfordert, genauso sehr wie ich.

Meine Eltern, zwei meiner Geschwister und viele Freunde sind inzwischen gestorben, doch in meinen Gedanken und ihren Erinnerungsstücken leben alle weiter. Die von meinem Vater bezahlten Pflanzen und Bäume sind inzwischen prächtig gediehen und das Breitschwanz Jäckchen meiner Mutter trage ich noch ab und zu, obwohl Pelzsachen nicht mehr *in* sind. Mein bester platonischer Freund Conrad schenkte mir einige Votivbilder und schickte mir die reizendsten skurrilen Gedichte auf alten Postkarten und vom schwulen Kunsthändler Schellenberg bekam ich nach der Trennung von Hari ein Panoramabild mit echten Zinnfiguren über die „Auspeitschung der rothaarigen Hexe Uta durch den Länderhauptmann Lechenperg", das die Wand im Badezimmer schmückt. In der Küche hängt das Spiegelbild, wo ich als Schafhirtin unterm Birnbaum dargestellt bin, gemalt von meiner Freundin, der Cutterin Christel, die mit fünfundvierzig Jahren plötzlich tot umgefallen ist.

Mit den hohen Türschwellen ist Schederlehen keineswegs altersgerecht, doch gerade das hält mich fit. Ich darf jetzt mit 87 Jahren nicht nachlässig werden, muss aufpassen, um Stürze zu vermeiden und mich immer nur auf das konzentrieren, was ich gerade tue, egal ob es Kochen oder Autofahren ist. Ich stehe auf, wann ich will, verwöhne mich im Badezimmer, frühstücke entweder vor dem Haus in der Sonne oder in der gemütlichen Küche, heize den Stubenofen ein,

füttere die zugelaufene dreifärbige Katze, gehe einkaufen oder mache einen kleinen Spaziergang, koche
mir was Gutes.

Wenn ich Lust habe, lese ich Bücher, lege Patiencen,
löse teuflische Sudokus oder schreibe, wie jetzt, die
Schederlehenstory zu Ende. Jedenfalls genieße ich
noch jeden Tag meines Lebens.

Wenn man weiterarbeitet und empfänglich bleibt für
die Schönheit der Welt, die uns umgibt, dann ent-
deckt man, dass auch Altern seine guten Seiten hat.

+ + +

ZUR GESCHICHTE VON SCHLOSS MITTERSILL

Tonbandaufnahme mit Harald Lechenperg in den 1970er Jahren.

Uta: Hari, erzähl mir bitte, was Du über Schloss Mittersill weißt.

HL: Zur jüngeren Geschichte des Schlosses Mittersill ist folgendes zu sagen: Ungefähr 1880 ist das Schloss von einem Grafen erworben worden, der eine junge Aristokratin geheiratet hatte und die wollten die Flitterwochen auf Schloss Mittersill verbringen. Um überhaupt dort wohnen zu können, hat der Graf den damals sehr berühmten Burg- und Schlossbaumeister, der u. a. auch dem Graf Wiltschek seine neue Burg in Wien gebaut hatte, mit dem Umbau betreut. Als der Umbau fertig war, sind die dort hingezogen und nach den Flitterwochen kam die Rechnung von dem Baumeister und der junge Graf hat nix anders getan als zu sagen, „dann nehmen's halt des Schloss, denn die Rechnung kann i net zahlen."

Und so kam das Schloss an diesen – ich glaub er hieß Schmitt – der wie gesagt, im Sinn der damaligen Zeit etliche Neuburgen gebaut hatte oder etliche Altburgen umgebaut hatte.

Uta: Das war also um 1880. Und dann?

HL: Ich weiß nicht, ob ich das jetzt lückenlos extemporieren kann. Da gab es nachher einen Wiener, einen Herrn Philippi. Dieser Wiener war von Haus aus

ziemlich reich und war entschlossen das auch umzu-
setzen und feudal zu leben. Herr Philippi hat dann
das Schloss Mittersill gekauft und lebte dort einige
Zeit – bis zu dem Moment, als die dringend nötige
Dachreparatur fällig war, die wurde dann auch
durchgesetzt und nachdem es sich bei dieser Dachreparatur nicht über 120, sondern vielleicht 12.000
Quadratmeter handelte, hat er eine solche Rechnung
gekriegt, dass Herr Philippi daraufhin das Schloss
Mittersill wieder abgegeben hat und sich stattdessen
die Philippivilla gebaut hat. Die Villa steht nach wie
vor.

Uta: Ich kenn die Philippi Villa und das Philippi Grab
im Wald an der alten Pass-Thurner Straße.

HL: Ja, dann hat ein dubioser Aristokrat, mir fällt im
Moment der Name nicht ein, aber ich kann's rekon-
struieren, er war aus München, das Schloss gekauft.

Uta: Wann ungefähr. Vorm ersten Weltkrieg?

HL: In den zwanziger Jahren. Und besagter Graf hat
auf Schloss Mittersill einen merkwürdigen Betrieb
eröffnet, er hat nämlich dort Antiquitäten aller Art
angehäuft, Antiquitäten und Bilder, die meistens
falsch waren, und hat dann vermögende Leute dort-
hin eingeladen, die prädestiniert waren aus dem
alten Schloss diese „edlen Antiquitäten" zu kaufen.
Das ging halbwegs gut, zumeist einige Zeit, umso
eher als der Graf eine, ich nehme an Liebschaft, mit
der Bankierswitwe Lanner einging, von einem klei-

nen Bankhaus, das damals in Zell am See beheimatet war. Diese Dame hat anscheinend den Grafen verehrt und ihm endlosen Kredit gegeben, jedenfalls ist dieses Bankhaus darüber auch zugrunde gegangen.

Uta: lacht

HL: Und der Graf war inzwischen schon lang wieder weg. Und dann hab ich mit der Witwe des pleite gegangenen Bankhaus Lanner das Schloss einmal besichtigt, und die wollte es mir verkaufen, für 100.000 Schilling. Das war damals viel Geld, natürlich hab ich das nicht gehabt. Ich hab damals nur mit der Idee gespielt, weil es schließlich die Heimat meiner Väter war und einer meiner Vorfahren war ja der Rädelsführer der Bauern als sie das Schloss 1557 niedergebrannt haben. Er ist später Burghauptmann in Salzburg geworden. Die anderen sind gehängt worden.

Uta: Und wer hat dann die 100.000 Schilling aufgebracht?

HL: Dann fand sich ein Konsortium von ein paar – auch wieder – Aristokraten, und zwar war da ein Graf Czernin und noch ein anderer Graf und ein Mann der Baron Biesterfeld hieß. Einen Moment, nun hab ich's. Die Herren saßen im Grandhotel hier in Kitzbühel an meinem Nebentisch – ich hörte sie zufällig – und die haben beraten, was mit dem Schloss zu machen sei, und einer von den Kavalieren sagte, „einmal fick ich eine bei der sich's dafürsteht". Das war der Herr von Biesterfeld, und der hat sein

Wort wahrgemacht, denn er heiratete dann die Thronfolgerin von Holland. Und die haben dann die Flitterwochen auf Schloss Mittersill verbracht.

Uta: Das war Juliane, die alte holländische Königin Juliane, Mutter von Beatrix.

HL: Ja. Nun kamen aber die Zeiten wo die Holländer ja schon vom Hitler überrannt waren und gar nicht mehr so hoch im Kurs standen, kurz und gut das Schloss Mittersill war lang schon den Kosten erlegen und so kam es an Herrn Himmler.

Uta: Na, Moment, da war doch vorher noch irgendwas mit dem ägyptischen König Faruk?

HL: Der Faruk war dort einmal Gast, und zwar in der Zeit als die besagten jungen Herren Aristokraten das groß aufmachen wollten. Die haben zur Hochzeit, also zum *honeymoon* mit der Holländerin auch den als Playboy bekannten König Faruk von Ägypten eingeladen. Aber das ging auf die Dauer nicht an, denn mitunter haben Faruks die Rechnung bezahlt, mitunter haben sie nicht bezahlt.

Uta: Hieß das Schloss damals nicht „*Hunting and Shooting-Club*"?

HL: So ähnlich, ja.   **Uta:** Was war dann im Krieg?

HL: Himmler hat das Schloss übernommen.

Uta: Ja, von wem?

HL: Vermutlich von den Aristokraten, ich nehme an,

aus deren vermutlicher Pleite. Denn wer sollte im Krieg dort noch hinkommen auf das Schloss und Flitterwochen feiern. Himmler hat die erfolgreiche deutsche Expedition nach Lhasa – die einzige die es gegeben hat, mit dem deutschen Wissenschaftler Schäffer – unter seine Fittiche genommen und die ganze Forschungsgruppe Schäffer wurde dann auf Schloss Mittersill untergebracht.

Uta: Was war denn der Himmler?

HL: Reichführer, SS, der drittwichtigste Mann im deutschen Reich, wahrscheinlich der zweitwichtigste. Du weißt doch, wer Himmler war.

Uta: Ja, ich kenne den Namen, aber ich weiß nicht genau, welchen Rang der einnahm.

HL: Die Forschungsgemeinschaft der Expeditionsgruppe Schäffer hat sich dort ganz gut gehalten über den Krieg hinaus, hat auch geforscht, aber dann kam das Ende, alle Mitglieder der Schäffergilde haben sich verflüchtigt und die Amerikaner haben das Schloss besetzt. Und haben, weil sie nichts anderes damit anzufangen wussten, dort den weltberühmten, aber leider Gottes völlig verrückten spinnerten russischen Ballett-Tänzer Nischinsky interniert. Der ging wie ein Gespenst durch die Gegend und hie und da ist der den Wärtern entkommen und ist dann herumgetanzt auf dem Sonnberg.

Ende. Das Tongerät hat seinen Geist aufgegeben.

ISBN: 978-3-7323-4048-4 (Paperback)
978-3-7323-4049-1 (Hardcover)
978-3-7323-4050-7 (e-Book)

„Kisil Ayak" ist beziehbar beim tredition Verlag (www.tredition.de/buchshop), bei Amazon und weiteren zahlreichen Online-Buchshops sowie in jeder Buchhandlung.

ISBN   978-3-7345-2485-1 (Paperback)
        978-3-7345-2486-8 (Hardcover)
        978-3-7345-2487-5 (e-Book)

„Wo, bitte ist Belutschistan?" ist beziehbar beim
tredition Verlag (www.tredition.de/buchshop),
bei Amazon und weiteren zahlreichen Online-
Buchshops sowie in jeder Buchhandlung.

UTA MAZZEI-KARL

Zehn Monate mit dem Auto nach
Afghanistan, Pakistan und **Indien**

ISBN: 978-3-7469-1525-8 (Paperback)
978-3-7469-1526-5 (Hardcover)
978-3-7469-1527-2 (e-Book)

"Zehn Monate mit dem Auto nach Afghanistan, Pakistan und **Indien"** ist beziehbar beim tredition Verlag (www.tredition.de/buchshop), bei Amazon und anderen zahlreichen Online-Buchshops sowie in jeder Buchhandlung.

Zeitfracht Medien GmbH
Ferdinand-Jühlke-Straße 7
99095 Erfurt, Deutschland
produktsicherheit@kolibri360.de